La femme éclaboussée

Dominique Dyens

La femme éclaboussée

À Marc.

Madame a quarante-cinq ans. Elle est belle. Et distinguée. Madame est arrivée à Paris il y a plus de vingt ans. Elle est originaire de Lons-le-Saunier, dans le Jura. Bonne-maman dit que c'est une provinciale. Elle s'est mariée jeune, à vingt-deux ans, à un Parisien de dix ans son aîné.

Monsieur est cadre supérieur dans une grande banque française. Lui aussi est toujours élégant. Ses costumes et ses chemises sont taillés sur mesure. Il choisit des flanelles et des popelines de qualité. Toutes ses cravates viennent de la maison Hermès. Monsieur ne parle jamais pour ne rien dire. C'est parce qu'il est important.

Madame tient une boutique de cadeaux dans le 7e arrondissement de Paris. Tous les matins, à dix heures, elle va déposer à la banque située en face de son magasin sa recette de la veille.

Depuis cinq ans, Xavier Bizot occupe le même emploi : il est caissier au Crédit Lyonnais. Pour rien au monde il ne changerait de poste. Car il ne vit que pour le moment magique où Madame entrera, resplendissante, laissant traîner sur son passage les effluves de son parfum.

Tous les matins sauf le lundi, Catherine Salernes se lève à huit heures, et enfile son peignoir rose et ses mules assorties. Sur la coiffeuse en acajou placée à gauche de la fenêtre, elle prend la brosse au manche de nacre et d'un mouvement rapide enserre sa longue chevelure blonde et brillante dans un élastique qu'elle choisit au hasard dans une petite boîte à accessoires. Puis elle se regarde dans le miroir ovale de la coiffeuse et palpe ses yeux pour s'assurer qu'ils ne sont pas gonflés. Elle s'assoit sur le pouf en satin rayé coordonné aux rideaux, prend le lait démaquillant et l'applique du bout des doigts sur son visage ensommeillé. Après l'avoir fait pénétrer par des petits mouvements circulaires de la main, elle le retire doucement avec un mouchoir en papier. Sur ses paupières fermées, elle pose deux disques de coton imprégnés d'eau de bleuet. Cela a un effet décongestionnant immédiat. Elle se sent déjà mieux. Elle esquisse machinalement une ou deux grimaces et entre dans le petit cabinet de toilette attenant à sa chambre. Elle se soulage, se lave les mains et se brosse les dents. Elle peut enfin sourire à l'image que lui renvoie la glace éclairée par la lumière des spots.

À huit heures et dix minutes, Catherine Salernes entre dans la cuisine. Son mari et ses enfants ont déjà commencé leur petit déjeuner. Lorsque les enfants étaient petits, elle se levait à sept heures pour s'occuper d'eux. Maintenant qu'ils sont en faculté, elle se réveille à huit heures. C'est bien suffisant.

Jean Salernes écoute Europe 1 en buvant son café. Il est calme. Parfois, il commente les nouvelles du jour et critique d'un ton acerbe les décisions ministérielles.

Thomas est toujours pressé, mais il ne manque jamais de se lever de table pour venir embrasser sa mère et lui servir sa première tasse de thé.

Virginie rêve, perdue dans ses pensées. Elle parle rarement.

À huit heures trente, ils sont tous partis. La maison est paisible. Catherine Salernes a une heure devant elle avant l'arrivée d'Henriette. Elle se fait couler un bain chaud, y verse généreusement des huiles relaxantes et glisse langoureusement son corps dans l'eau. Parfois, elle pose la main sur ses seins. Ses mains ne descendent jamais plus bas sur son ventre. Elle se lave toujours avec un gant. Ses pieds nus vont, légers, sur la moquette blanche de la chambre, jusqu'à la commode Directoire en loupe d'orme. Elle choisit son linge. Sa culotte et son soutien-gorge sont assortis. Ses collants sont en voile fin. Elle ne supporte pas le lycra. Face au miroir intérieur de l'armoire dont elle vient d'ouvrir les portes, Catherine Salernes laisse glisser sa serviette de bain à ses pieds et regarde son corps. Elle ne pense à rien. C'est un geste machinal. Devant la coiffeuse, elle applique sa crème hydratante. Elle lève une jambe et pose son pied droit sur le pouf de manière à bien faire pénétrer la crème sur son talon, puis change de jambe. Il lui suffirait de tourner légèrement la tête vers le miroir ovale pour apercevoir son sexe entrouvert et ses seins caressant sa cuisse lorsqu'elle se penche. Mais elle n'y songe même pas. À vrai dire elle ne s'est jamais regardée. C'est une partie de son anatomie qu'elle ne connaît pas... Elle étale sa crème consciencieusement, vérifiant qu'aucun centimètre carré de peau ne soit oublié. Ses fesses sont fermes et rebondies, sa poitrine généreuse, ses jambes fuselées. Elle enfile ses sous-vêtements de soie et remonte les jambes de son collant, soigneusement, sur sa peau. Elle décide de ses vêtements, s'assurant qu'un laps de temps assez long s'est écoulé depuis la dernière fois qu'elle les a portés. Elle est comme ça, Catherine Salernes, elle aime les choses bien faites.

Puis Madame se coiffe. En général, elle met une barrette. De temps en temps, quand elle est en retard, elle m'appelle pour l'aider à faire son chignon. Enfin, elle se maquille. Son fond de teint est léger et se marie naturellement à sa pigmentation claire. Sa peau est si fragile qu'elle ne supporte pas le soleil, ni les contrariétés. Si par hasard Madame venait à pleurer, ce serait terrible, parce que ça marquerait immédiatement, et pour au moins deux heures. Son blush est orangé, comme son rouge à lèvres. La couleur de son fard à paupières dépend de la couleur de ses vêtements. Son rimmel est toujours waterproof, car, s'il ne l'était pas et que Madame venait à pleurer, ça ferait des traînées noires et sales. Remarquez, c'est par habitude, parce que ça fait longtemps que Madame n'a pas pleuré. Depuis qu'elle a la boutique. Depuis bientôt sept ans.

Madame ne se parfume qu'en sortant, quand elle a mis son manteau, comme chez les grands parfumeurs. Il paraît que ça dure plus longtemps. Avant de partir, elle vient me voir à la cuisine et me donne les ordres du jour. Remarquez, c'est toujours les mêmes depuis vingt-cinq ans que je suis là ! Mais Madame est une vraie maîtresse de maison et elle aime que les choses soient parfaites. J'ai beau savoir que le jeudi, c'est le jour de l'argenterie, par exemple, eh bien elle me le dira tous les jeudis. Pareil pour la cire du vendredi ! Mais, bon ! Je ne peux pas lui en vouloir, je l'ai connue toute jeune ! J'étais même là avant elle, parce que avant, au troisième, c'était l'appartement de bonne-maman, de M. Jean et de M. Christian, le frère de Monsieur, quand ils vivaient avec leurs parents. Maintenant, bonne-maman vit au premier. C'est plus petit, mais enfin, depuis qu'elle est seule... Et M. Christian vit au second. En somme, c'est un immeuble de famille !

Catherine Salernes habite dans le 17e arrondissement de Paris, à côté de la place Villiers. Elle aime son quartier qu'elle a toujours trouvé chic. Elle est à deux cents mètres de la rue de Lévis. C'est là qu'elle va faire son marché, le vendredi matin. Tous les commerçants la connaissent, elle a un compte chez chacun d'entre eux. Sauf chez le boucher, qui ne fait pas crédit. Tous les quinze jours, on donne la note à Henriette. Comme cela, Catherine Salernes n'a pas à sortir dix fois son porte-monnaie. Elle pose les notes sur le bureau de son mari, qui règle tout, sans même vérifier. Lorsqu'elle était jeune mariée, Catherine avait été impressionnée par cet usage qui datait déjà du temps où bonne-maman faisait ses courses. Chez elle, à Lons-le-Saunier, ses parents qui tenaient une mercerie réservaient ce privilège aux seuls notables de la ville. La bonne de M. le Maire ou celle du bon Dr Briard. Mais Catherine avait toujours su qu'elle était entrée dans une grande famille en épousant Jean Salernes.

Quand les enfants étaient petits, elle allait tous les matins au parc Monceau. Elle promenait Thomas dans le landau de famille, puis quand il a été plus grand, elle lui faisait faire des pâtés dans le bac à sable pendant que Virginie dormait d'un sommeil d'ange. Le cœur de Catherine Salernes se serre toujours à l'évocation de cette période. Ça avait été le moment le plus heureux de sa vie, même si bonne-maman était sans cesse à lui faire des remontrances. Elle n'avait jamais compris pourquoi sa bru emmenait elle-même ses enfants au parc, alors qu'il y avait Henriette ! *C'est avec les bonnes que ta femme aime être, disait-elle à Jean au dîner, chassez le naturel, il revient au galop !*

Bonne-maman n'avait jamais accepté que Monsieur épouse Madame. D'abord, ils n'étaient pas du même milieu et en plus elle était provinciale. Une bonne à tout faire, comme elle l'appelait ! Madame était montée à Paris quand elle avait eu vingt ans, pour être demoiselle de compagnie chez Mme de Gréville. C'est parce que Catherine rêvait d'être infirmière que Marguerite lui avait trouvé cette place logée nourrie. Marguerite, c'était l'ancienne nounou de Monsieur. Elle était de Lons. Elle avait vécu quinze ans à Paris. Du reste, elle était encore là quand j'ai pris ma place chez les Salernes. Mme de Gréville avait un petit-fils qui venait lui rendre visite tous les jeudis midi : c'était Monsieur ! C'est comme cela qu'ils se sont rencontrés ! Vous pensez, une fille belle comme Catherine, il n'était pas insensible ! Et elle, elle était bien flattée de cet intérêt, vous parlez d'un honneur ! Elle avait vingt-deux ans quand ils se sont mariés. Monsieur en avait dix de plus. Madame n'a jamais connu d'homme avant Monsieur. Elle était vierge à son mariage. Bonne-maman dit que c'est comme ça qu'elle l'a eu la sainte nitouche. C'est l'autre surnom de Madame. *Mon pauvre Jean !* lui a-t-elle dit un jour, *l'appel de la chair t'a fait perdre la tête !*

Madame n'a pas toujours travaillé. Quand Thomas et Virginie étaient petits, elle devait veiller à leur éducation. Bonne-maman avait offert l'école privée à chacun des enfants, elle ne voulait pas qu'ils fréquentent ceux de l'école publique ! Après, Monsieur avait tenu à ce qu'ils aillent à Carnot, et comme ils avaient passé un accord, bonne-maman ne pouvait rien dire. Puis, quand les enfants ont été au collège tous les deux, Madame a été malade. De la tête. Elle s'ennuyait. Elle pleurait toute la journée, Monsieur n'aimait pas ça ! Enfin, il ne faut jamais parler de cette période devant Monsieur. Ni devant Madame, d'ailleurs ! Même bonne-maman n'a jamais été au courant, c'est mieux comme ça. Un jour Madame avait pris des cachets, elle ne voulait plus vivre. Monsieur l'a fait enfermer dans une clinique privée. Heureusement qu'elle a reçu ses électrochocs, maintenant ça va tout à fait bien. C'est juste après que Monsieur a acheté la boutique à Madame. C'était une bonne idée. Quoique ! Comme dit bonne-maman, Monsieur gagne bien assez d'argent ! *Mais il lui en faut toujours plus, à ta femme !*

Maintenant qu'elle a la boutique, Madame est très contente. Au moins, elle voit du monde ! Ce qu'elle aime surtout, c'est décorer sa vitrine. Elle la change tous les quinze jours. Elle choisit d'abord un thème et le lundi après-midi, quand le magasin est fermé, elle va chez les grossistes acheter son tissu ou ses rubans. Je me souviens encore de son décor de *Peau d'âne*. Avec un mètre de fourrure synthétique, elle avait confectionné la cape. Pour les oreilles et les yeux, elle avait pris de la feutrine et des boutons de verre. C'était drôlement réussi ! Et puis ça faisait entrer les clientes, parce que du coup, elles s'arrêtaient devant la vitrine ! Pour ça, Madame a toujours de bonnes idées ! Et puis elle a le sens du commerce !

Quand elle était petite, après l'école, elle allait toujours voir ses parents à la mercerie. Elle apportait dans son cartable le goûter que sa maman lui avait préparé le matin et elle le mangeait sagement, assise sur la chaise à côté du comptoir, en balançant ses jambes. Elle écoutait les clientes raconter leurs histoires, elle n'interrompait jamais ! Et puis, à cinq heures et quart, elle se mettait à faire ses devoirs dans l'arrière-boutique. Son papa lui avait installé une petite table rien que pour elle. Oh ! Il la gâtait son papa ! Il faut dire, elle était fille unique ! Le jeudi, elle aidait sa maman, ça permettait à son papa d'aller faire les achats à Mâcon. Elle servait les clientes, elle leur mesurait les rubans ou elle leur présentait les nouveaux modèles de boutons pour rafraîchir un gilet ou mettre une veste au goût du jour ! Pour ça, elle en avait des idées, ça doit venir de là, son goût pour les vitrines.

Le matin, Catherine Salernes prend sa voiture pour traverser la Seine. Dans l'Austin qui l'emmène rue de Sèvres, Catherine Salernes pense à son chiffre d'affaires du mois. Il est supérieur à celui du mois de février de l'année précédente. Tant mieux, encore deux mois comme cela et elle pourra acheter le nouveau sac de Dior, le beige rosé si parfaitement assorti à son nouveau tailleur de printemps de chez Franck et Fils. Non pas que Jean le lui refuserait si elle le lui demandait, mais depuis qu'elle travaille, elle semble trouver plaisir à s'offrir elle-même certaines choses.

Elle se gare rue Pierre-Leroux comme tous les matins et glisse sa carte de stationnement dans le parcmètre en songeant qu'il lui faudra bientôt en acheter une nouvelle. Elle marche jusqu'à sa boutique, actionne l'ouverture du rideau de fer et entre en fermant la porte à clef derrière elle. Elle retire les chèques et les espèces du petit coffre-fort encastré dans le mur de l'arrière-boutique, ainsi que les bordereaux de remise en banque qu'elle a remplis la veille. Elle glisse le tout dans son sac, sort et referme sa boutique, puis se dirige d'un pas assuré vers le Crédit Lyonnais, situé juste en face du magasin. Elle a encore une demi-heure devant elle.

Tous les matins, à dix heures moins cinq, Xavier Bizot est un peu nerveux. Il craint que quelque chose de fâcheux, ou même un simple contretemps ne soit arrivé à Mme Salernes, retardant ainsi sa venue à la banque. Pour Xavier Bizot, Mme Salernes incarne la perfection, l'idéal féminin auquel tous les hommes aspirent. Ce n'est pas qu'elle soit simplement belle et élégante, se dit-il à chaque fois, mais cette femme a dans son attitude un je-ne-sais-quoi de mystérieux, d'impalpable qui le fait rêver. Car il y a une chose que l'employé de banque n'arrivera jamais à connaître, ce sont les pensées de Mme Salernes. À quoi pense-t-elle le matin, quand elle entre dans l'agence et qu'elle marche d'un pas ferme jusqu'à son guichet ? Pense-t-elle à Jean Salernes ou bien à ses enfants ? Peut-être bien, mais ce n'est pas certain.

La voici enfin, étincelante de beauté et de distinction. Aujourd'hui, elle porte le tailleur rose, cintré à la taille, dont les boutons dorés sont assortis à ses boucles d'oreilles. Ce tailleur, elle l'a acheté avenue Mozart, en avril de l'année dernière. Il a coûté 5 200 francs. L'employé a toujours connu les boucles d'oreilles. Elles datent d'avant son arrivée dans la succursale de la rue de Sèvres. Comme toujours, le vernis à ongles de Mme Salernes est assorti à la couleur de ses vêtements. Fait-elle ses ongles la veille au soir après avoir préalablement décidé de sa tenue du lendemain ou met-elle son vernis le matin après son bain ? Il n'a aucun moyen de le savoir, mais cela l'ennuie moins que de ne pas connaître le fond de ses pensées. Xavier Bizot pourrait fermer les yeux, il reconstituerait immédiatement chaque étape de son tête-à-tête avec Mme Salernes. D'abord, sentir l'odeur de son parfum mêlé à l'air de la rue, froid l'hiver, chaud l'été. Le parfum reste le même, seule change la saison. Puis, entendre ses pas légers frôler le marbre pour arriver jusqu'à son guichet. Toutes les chaussures de Mme Salernes sont à talons. Toutes, sans exception, depuis au moins cinq ans. Hiver comme été. En cinq ans, Xavier Bizot a compté trente-sept paires. Ensuite, sentir l'odeur de sa crème pour les mains lorsqu'elle les tend vers lui. C'est une odeur délicate, féminine. Xavier Bizot prend les chèques avec politesse, mais c'est de ses mains fines et parfumées qu'il aimerait s'emparer. Respirer enfin son haleine, fraîche et framboisée, lorsqu'elle lui dit bonjour avec sa voix si douce. Douce, mais lointaine... À quoi pense-t-elle, tous les matins, Mme Salernes ?

« Bonjour, madame Salernes, comment allez-vous ce matin ? C'est pas le temps qui nous rendra plus gais. Vivement le printemps ! »

Il a l'habitude de ces brefs échanges. Mme Salernes n'est pas très bavarde, mais elle esquisse toujours un sourire et lui murmure quelques mots de courtoisie. Elle est un peu distante, mais jamais suffisante. Parfois, afin de la garder plus longtemps devant lui, Xavier Bizot met quelques secondes de plus pour entrer le numéro de compte de Mme Salernes dans son ordinateur. Il dit : « La machine a froid ce matin, il faut qu'elle se réchauffe ! » Mais il ne fait jamais attendre Mme Salernes trop longtemps, car il sait qu'elle ouvre sa boutique à dix heures trente et qu'elle est très ponctuelle. Quand elle repart, Xavier Bizot ne manque jamais d'admirer ses jambes galbées sous les collants de voile fin. Parfois, quand personne ne l'observe, il fait monter son regard jusqu'au bas de ses reins et imagine un instant la paire de fesses blanches de Mme Salernes. Il les empoigne alors à pleines mains et avance son visage comme pour les embrasser.

Mais il chasse vite cette image, car Mme Salernes n'est pas comme toutes les autres : elle est pure et c'est pour cela qu'il la respecte infiniment.

Catherine Salernes prend la file d'attente réservée aux commerçants. Elle connaît tout le monde depuis bientôt sept ans qu'elle vient chaque matin. On lui réserve toujours le meilleur accueil. Surtout le petit caissier. Il l'agace un peu, mais il ne la fait jamais attendre.

Catherine Salernes se souvient, quand elle avait quinze ans, son papa avait été malade... Il avait dû subir des dialyses deux fois par semaine au centre hospitalier de Mâcon, et du coup maman ne pouvait pas tout assumer à la mercerie. Des huissiers étaient venus à la maison et le directeur de la banque de Lons n'avait pas voulu prêter à maman. Il manquait 3 200 francs. C'est cette histoire qui avait emporté papa. Heureusement, les cousins de maman ont finalement aidé. Et maman a pu continuer à les faire vivre toutes les deux. À l'évocation de son père mort trop jeune, Catherine Salernes pousse un soupir. Comme le temps passe vite ! Elle n'aime pas les banquiers ! Sauf Jean, bien sûr, pense-t-elle gênée, mais lui c'est un cadre dirigeant, c'est différent.

À dix heures trente, Catherine Salernes ouvre grand la porte afin d'aérer la boutique, puis elle allume une bougie parfumée à la cannelle. Elle a toujours aimé cette odeur qui lui fait penser aux tartes aux pommes d'Henriette. Une fois, une cliente lui a dit que la boutique sentait l'Amérique, parce que là-bas, toutes les boutiques et les maisons regorgent de pots-pourris à la cannelle. Catherine Salernes ne connaît pas l'Amérique, mais l'idée lui a plu. Maintenant, elle allume une bougie parfumée à la cannelle tous les matins et elle vend des pots-pourris.

Depuis quelques jours, Catherine Salernes confectionne des petits coussins pour enfants. Elle réalise au point de croix des abécédaires sur des thèmes d'animaux. Ce matin, elle brode des éléphants. C'est si calme, parfois, à la boutique ! Cela lui fait une occupation.

Catherine Salernes pense à Virginie, sa fille. Elle aura dix-neuf ans le quatorze mars. Déjà ! Comme le temps passe vite ! Elle réfléchit au cadeau qu'elle va lui offrir. Virginie a demandé des livres de La Pléiade. Elle est en première année de lettres classiques. C'est une littéraire. Catherine Salernes se fait du souci pour sa fille. Elle est tellement renfermée ! Non pas qu'on soit très bavard dans la famille Salernes, mais Virginie est si secrète... Et si fragile ! C'est encore une enfant ! Catherine Salernes hausse les épaules en s'appliquant sur le canevas. L'extrême précision de ce travail à l'aiguille lui fait tirer la langue. Mais, sournoisement, des images s'insinuent en elle, dissipant en un instant la concentration nécessaire à la minutie de son ouvrage. Ses pensées la renvoient quelque sept années en arrière. Jean est à ses côtés, il porte sa valise. Elle rentre d'un séjour de trois semaines à la clinique Marie-Antoinette. Elle est pressée de revoir ses enfants, surtout Thomas. Mais c'est Virginie qu'elle aperçoit tout d'abord. L'enfant est recroquevillée dans un angle de l'entrée. Catherine ne se souvenait pas que sa fille était si laide, avec ses cernes et ses cheveux gras. Elle lui trouve une légère ressemblance avec bonne-maman et cela l'agace. Catherine esquisse alors un mouvement pour l'embrasser, mais elle a du mal à retirer la main avec laquelle Virginie ne cesse de se cacher le bas du visage. Elle prend le menton de sa fille entre ses doigts et lui dit, soudain frappée par son regard apeuré : Je te fais si peur que ça ?

Alors, seulement, elle voit Thomas. Lui au moins n'a pas changé ! Il lui sourit, Catherine est rassurée, elle ne peut s'empêcher de penser que Thomas est vraiment son petit garçon alors que Virginie est bien la fille de Jean. Catherine Salernes a posé sa broderie sur son bureau. Elle se demande encore quelquefois si ce n'est pas cette absence due à sa maladie qui aurait rendu sa fille un peu moins jolie, un peu plus terne. Si taciturne aussi... Enfin ! soupire-t-elle, à quoi bon se poser des questions qui demeurent sans réponse ? Chacun sa vie, après tout !

Ce que Madame ne veut pas voir, c'est que la petite n'a aucune amie. Quant aux garçons, ils lui font peur ! Moi, à son âge, je prenais déjà du bon temps ! Quoique... Si elle tient ça de sa mère ! Pourtant, quand elle était petite, elle était coquine comme tout, surtout avec Madame. Elle lui faisait des farces ! Et elle passait ses journées à chanter ! On n'aurait jamais dit que ça allait donner une demoiselle aussi effacée !

C'est vers douze ans que tout a commencé. Bonne-maman dit que c'est quand elle est devenue jeune fille. Elle prétend que c'est des vapeurs hormonales qui ont mal tourné, un peu comme du lait. Quand ça tourne, c'est plus bon, c'est acide, c'est caillé. En tout cas, la petite faisait des cauchemars toutes les nuits. Monsieur disait que c'était des caprices. Moi, je sais que c'était des terreurs ! Je le sais, parce que c'était moi qui relayais Madame quand elle était trop fatiguée à force de se lever jusqu'à sept fois par nuit ! Ça a duré quatre ans, cette histoire ! Heureusement que j'ai ma chambre en haut ! Maintenant, ça va bien mieux, la petite dort, mais elle ne parle presque plus. Le Dr Grosbois avait conseillé à Monsieur de l'emmener chez un psychologue, mais bonne-maman a dit : *Il n'y a pas de fous chez nous !* Monsieur a alors regardé Madame. Elle a baissé les yeux. Et la petite a de moins en moins pleuré. Comme quoi le Dr Grosbois avait dû se tromper ! Du reste, bonne-maman a changé de médecin !

À la banque, Xavier Bizot est morose. Il pense encore à Mme Salernes. En fait, il y pense de plus en plus souvent. Leur rencontre de ce matin a été trop brève. Il y a eu du monde subitement et il n'a pas pu lui faire le coup de l'ordinateur qui a froid. Et puis elle ne lui a donné que deux bordereaux, c'est encaissé en un rien de temps.

Xavier Bizot ne prendra pas son heure de déjeuner, aujourd'hui. Il dira qu'il a du retard ou qu'il veut partir plus tôt ce soir. Il verra, ce sera selon l'humeur du patron ! Xavier Bizot a le même âge que Catherine Salernes. Il n'est pas très grand, un mètre soixante-huit et plutôt maigre. Il est brun, il a le cheveu un peu gras. Sa raie, placée sur le côté gauche, est toujours bien dessinée. Le matin, ses yeux sont un peu gonflés. C'est peut-être l'alcool... Ou l'excès de tabac... Ou le manque de sommeil... Ou un peu des trois. Derrière l'eau de toilette bon marché dont il s'asperge, on sent toujours une légère odeur de transpiration. Elle lui appartient.

Il est enfin tranquille. Il peut s'adonner à son activité préférée. En même temps qu'il s'y consacre, il pense aux fesses de Mme Salernes, et il a un orgasme. Parfois, il lui arrive d'éjaculer un peu. Dans ces cas-là, il finit de se soulager aux toilettes. Il ne fait pas ça souvent. En général une fois par mois. En ce moment, c'est plus. Mais il attend toujours d'être seul. Quoique personne ne soit jamais derrière lui, mais c'est plus prudent. Si on le surprenait, il risquerait d'être renvoyé. Et alors, comment ferait-il pour continuer de voir Mme Salernes ? Le plus dur, ce sont les vacances. Mais maintenant, il s'arrange pour les prendre en même temps qu'elle. Son absence lui paraît moins cruelle.

Il a un secret, l'employé de banque : depuis bientôt quatre ans, il consulte le compte de Mme Salernes et il l'analyse. Pas le compte du magasin, qui est sans intérêt, mais ses dépenses à elle. Ainsi, cela lui permet de se rapprocher d'elle, de l'imaginer... Si ça se trouve, il la connaît mieux que son mari ! Il peut mieux rêver d'elle quand il sait, par exemple, que le troisième lundi du mois, elle va se faire épiler à l'institut Body Studio qui se trouve boulevard Malesherbes. Il pense qu'elle a choisi cette date parce que cela doit coïncider avec la fin de ses menstruations. Il sait qu'elle ne dépense pas la même somme à chaque fois. Il s'est renseigné sur les prix : elle se fait les jambes complètes à chaque séance, mais elle fait les aisselles une fois sur deux. Elle ne doit pas avoir beaucoup de poils. Elle est si blonde ! Le maillot, elle ne le fait qu'avant les vacances. Elle craint peut-être cet endroit, c'est si fragile, cet endroit... Et Mme Salernes est si délicate.

Tout l'intéresse, Xavier Bizot, concernant Mme Salernes. Ce n'est pas seulement ses dépenses de femme, comme l'épilation ou le brushing du jeudi soir qui le font rêver. Pas du tout ! Ses habitudes alimentaires l'intéressent tout autant ! Par exemple, savoir qu'elle débourse chez son boucher entre mille deux cents et mille quatre cents francs tous les quinze jours a appris à Xavier Bizot deux choses importantes : premièrement, elle congèle sa viande, et deuxièmement, les Salernes mangent de la viande tous les jours. De connaître ces petits détails, c'est un peu comme s'il vivait avec elle !

Ce n'est pas que Mme Salernes suscite chez Xavier Bizot tellement de fantasmes sexuels ! Elle lui en donne, bien sûr... En tous les cas, plus que sa propre femme. Mais son sexe, par exemple, il n'y pense jamais ! Il pense juste à son corps ou à sa toison au moment de l'épilation, mais jamais à son sexe. Il la respecte trop pour cela ! Et en plus, il est sûr que Mme Salernes est pure et qu'elle ne pense jamais au sexe. Il le sait ! Il la connaît tellement bien ! D'accord, elle a donné deux enfants à son mari, mais cela ne veut rien dire ! Cela fait tellement longtemps ! Autrefois, un ami lui avait assuré que sa grand-mère n'avait jamais été vue nue par son mari. Ils avaient fait ça avec un drap entre eux. Simplement, le drap était percé pour la procréation. Peut-être que cela avait été pareil pour Mme Salernes ! Remarquez, les enfants, ça ne veut rien dire non plus. Sa femme à lui, par exemple, elle ne rechigne jamais à ouvrir ses cuisses, pour lui et pour tant d'autres avant lui. Parce que depuis qu'elle est avec lui, elle n'a pas dû avoir beaucoup d'occasions, vu comme elle est moche et fripée de partout, même du sexe... Eh bien, sa femme à lui, elle n'a même pas été foutue de lui donner des enfants. En plus, elle n'est jamais contente ! Bon, il ne va quand même pas penser à elle, ça lui gâcherait son moment avec Mme Salernes ! Xavier Bizot banda un très court instant et éjacula une si petite quantité de sperme qu'il ne jugea pas utile d'aller aux toilettes pour s'essuyer. D'ici la fin de l'après-midi, ça aura bien le temps de sécher !

Catherine Salernes rentre chez elle entre dix-neuf heures trente et dix-neuf heures quarante-cinq. À ce moment-là, Henriette est à la cuisine et les enfants dans leurs chambres. Jean Salernes est toujours là à vingt heures précises, pour le journal télévisé. Il ne rate jamais le générique. Il pose son attaché-case dans le grand placard à manteaux, et va s'asseoir dans le fauteuil de velours grenat qui se trouve dans le salon télévision. Avant de s'installer, il prend *Le Monde* posé sur le guéridon d'acajou à droite de la porte d'entrée. C'est Henriette qui achète le journal. Depuis trois ans, Jean Salernes n'a plus le temps. Avant, il rentrait à dix-huit heures trente. Dans la banque, on rentre tôt. Maintenant, il rentre à vingt heures. Tout change.

Catherine Salernes se rend immédiatement dans sa chambre. Elle ouvre les portes de son armoire et, devant le miroir, elle enlève ses chaussures. Elle se déshabille lentement en se regardant. Du moins, elle a l'air de se regarder, mais elle pense à autre chose. Sa journée est presque terminée. Encore le dîner à passer et elle pourra s'allonger dans son lit. Catherine Salernes est toujours fatiguée. Même au réveil. Pourtant, elle est généralement au lit vers vingt-deux heures. Sauf quand il y a un dîner à la maison. Catherine Salernes enfile un pull en cachemire et un pantalon de toile bleu marine. Elle met les chaussures d'intérieur que lui a offertes Thomas pour la fête des mères. Elle se lave les mains et passe à la cuisine.

Heureusement qu'il y a Henriette. Que ferait-elle sans elle ? Elle soulève le couvercle de la marmite dans laquelle mijote un bœuf aux carottes, prend une cuillère en bois et goûte la sauce. Elle ajoute un soupçon de sel et tourne d'un quart de tour le moulin à poivre. Elle ouvre le réfrigérateur, prend la ciboulette dans le bac à légumes, et en coupe quelques tiges qu'elle jette négligemment dans la vinaigrette de la salade. Elle se relave les mains. Il est vingt heures trente.

Dans le même réflexe de ponctualité, chacun des membres de la famille se dirige alors vers la salle à manger. C'est seulement à ce moment-là que les Salernes se disent bonjour et passent environ trois quarts d'heure ensemble. En général, Thomas sort après le dîner. C'est pourtant l'unique personne avec qui Catherine aimerait prolonger un semblant de discussion. Mais tandis qu'Henriette dessert la table, Thomas, coiffé, élégant, rayonnant, revient embrasser tendrement sa mère sur le front. Restée seule dans la salle à manger, elle regrette alors qu'il n'ait jamais invité ses amis à la maison. Au moins aurait-elle pu mettre des visages sur leurs prénoms ! Pendant ce temps, Jean est déjà auprès de sa mère, au premier étage. Virginie travaille. Il ne reste plus à Catherine qu'à se réfugier dans sa chambre. Les soirées au 42 *bis*, rue de Tocqueville passent ainsi, monotones et silencieuses. À sa façon, chacun tente de fuir la chape d'ennui qui envahit la maison, car ils sont comme les protagonistes d'un huis clos. Ils ne partagent rien, hormis ce lien du sang.

Il y a trois ans, le mari de Madame a acheté un studio à Virginie pour quand elle serait grande. Mais pour l'instant, la petite ne veut pas habiter seule, elle préfère habiter avec ses parents. Elle a encore peur. Alors, M. Salernes a proposé à Madame de gérer le studio, en attendant. En contrepartie, elle peut garder l'argent du loyer pour ses menues dépenses. Le studio se trouve juste à côté de la boutique, rue Saint-Jean-Baptiste-de-la-Salle. C'est Madame qui l'a choisi. Elle pensait que ce quartier serait plus animé pour une jeune fille. Et puis elles ne seraient pas loin l'une de l'autre.

En général, Madame trouve ses locataires à l'Institut catholique. Ce sont des jeunes filles toujours propres et bien élevées. Elles n'emmènent jamais de garçons chez elles et payent tous les premiers du mois. Mais la dernière étudiante est retournée chez elle en milieu d'année et le bureau du logement n'a rien pu faire pour Madame. Ils lui ont dit qu'il fallait attendre septembre. C'est que Madame y tient à ses trois mille cinq cents francs par mois ! Elle ne va quand même pas perdre six mois de loyer !

C'est ainsi que Catherine Salernes, sur les conseils d'une cliente, essaya le tableau des annonces de l'Institut des Sciences politiques. On lui avait assuré que les étudiants y étaient également bien élevés. Mais à cette période de l'année, la seule personne qui se soit manifestée est un chargé de travaux dirigés. La concierge de l'immeuble lui a fait visiter le studio et Catherine Salernes lui a parlé au téléphone. Il lui a fait bonne impression. C'est un homme, mais c'est un professeur.

Comme à chaque changement de locataire, la concierge s'est occupée du ménage. Mais c'est Catherine Salernes qui passe chercher les draps et les serviettes chez le teinturier et qui dépose le paquet au pied du lit. C'est également elle qui remplit le réfrigérateur avec quelques produits de base, une tradition conviviale à laquelle elle tient. Elle a toujours la vague impression que ses locataires sont des invités, même s'ils lui payent un loyer.

Elle arrive une heure avant le rendez-vous. Elle range le contenu du sac d'alimentation dans le réfrigérateur et dans le placard de la cuisine, pose les rouleaux de papier hygiénique dans les toilettes et la savonnette sur le rebord du lavabo. Ensuite, seulement, elle se laisse aller à rêver. Elle n'a jamais habité seule. Elle aurait tant aimé avoir un studio de jeune fille, elle aussi. Elle redresse une gravure mise peut-être de travers par le chiffon à poussière de Mme Roux. Elle ouvre le réfrigérateur, cherchant des yeux ce qu'elle aurait pu se faire à manger si elle était chez elle. Elle frôle de la main la commode anglaise en pin, elle s'assoit sur le petit fauteuil devant le lit et attend les mains croisées sur ses genoux l'arrivée de son locataire. Elle regarde le lit avec envie, elle se lève et s'y allonge un instant. Elle est gênée car il lui semble interdit de s'allonger sur un lit autre que le sien, à moins d'être dans un hôtel, mais ce n'est pas le cas.

Elle entend la sonnette, elle se lève précipitamment, mon Dieu, s'il la voyait, que penserait-il ? Du revers de la main, elle donne un petit coup au matelas afin d'effacer la forme de son corps. Elle arrange ses cheveux, son cœur bat un peu plus vite que d'ordinaire, elle est intimidée, elle n'a pas l'habitude d'avoir un homme pour locataire. Elle ouvre la porte, un sourire de convenance aux lèvres. Devant elle, le professeur est jeune. Elle ne s'y attendait pas. Pour elle un professeur doit avoir au moins son âge, et celui-ci n'a même pas trente ans.

« Bonjour. Madame Salernes, je suppose ? Je suis Olivier Grancher...

— Bonjour ! Entrez, je vous en prie. »

Catherine Salernes est déroutée. Elle se dit que cet homme est si grand qu'il ne va jamais pouvoir vivre dans ce minuscule appartement. Et puis ce n'est pas un étudiant... Pourtant, elle le savait. Mais finalement, qu'il ne soit ni un jeune étudiant ni un professeur d'âge mûr, c'est embarrassant... Parce que... En fait, parce que quoi ? Elle ne va le voir qu'une fois, deux tout au plus, il n'y a pas de quoi en faire un fromage ! La voilà qui parle comme Henriette tout à coup ! Son locataire sent bon. Elle aimerait bien que Jean porte cette eau de toilette, cela ferait plus jeune. Si, par hasard, elle la retrouve dans une parfumerie, elle la lui achètera.

Olivier Grancher pénètre dans la cuisine. Il ouvre machinalement le réfrigérateur, il est tout étonné de le trouver rempli.

« Comme c'est gentil à vous d'avoir pensé à me nourrir !

— Ce n'est rien... balbutie Catherine Salernes.

— Mais si ! Vous êtes une vraie mère ! »

Il dit cela en souriant, ironiquement, mais Catherine Salernes ne s'en aperçoit pas. Elle baisse la tête et rougit violemment, car elle se sent froissée d'être comme une mère pour lui.

« ... Je plaisante ! Je vous ai vexée ?

— Mais pas du tout ! C'est normal ! » Il faut toujours qu'elle réponde à côté, quand elle est intimidée... « J'ai l'âge d'être votre mère...

— Là, je crois que vous exagérez ! » Il rit encore. « Vous me rajeunissez d'au moins quinze ans ! »

Ils se tiennent debout, dans la petite entrée faiblement éclairée, et Catherine Salernes rougit encore, soudain consciente du peu d'espace entre le jeune homme et elle.

« Vous voulez voir le reste du studio ?

— Si vous voulez, mais j'ai déjà visité, vous savez !

— Oh ! Bien sûr ! Suis-je bête ! Voilà... la chambre à coucher et à droite, la salle de bains. »

Catherine Salernes jette un coup d'œil rapide vers le rideau de douche, s'aperçoit qu'il est sale et propose à son locataire d'en apporter un autre lundi prochain.

« Ou avant, si j'ai le temps, mais le lundi, c'est le jour où je ne travaille pas.

— Mais, quand ça vous arrange, je ne veux surtout pas vous déranger...

— Non, non, pas du tout... »

La voix de Catherine Salernes n'est plus qu'un murmure, elle est pressée de partir, elle se sent toute chose. L'appartement doit être surchauffé, elle a des bouffées de chaleur.

« Que faites-vous comme travail ? »

Le jeune homme est curieux et semble avoir du temps.

« Oh ! Je tiens une boutique... Je veux dire, elle est à moi... Une boutique de cadeaux. C'est à deux pas, rue de Sèvres, en face du Crédit Lyonnais.

— Je viendrai vous faire des petits coucous !

— Je ne travaille pas le lundi...

— Non, mais il y a un tas d'autres jours dans la semaine ! »

Pourquoi a-t-elle répondu qu'elle ne travaillait pas le lundi, elle se sent gourde tout à coup, elle a l'air de lui avoir permis de venir tous les jours.

Elle n'a plus ses vapeurs, elle a remis son manteau, elle vient d'ouvrir la porte d'entrée, elle tend une main ferme à son jeune locataire, elle retrouve son air hautain, elle oublie son embarras d'il y a quelques minutes, elle lui dit à lundi prochain et elle lui tourne le dos. Elle marche jusqu'à l'ascenseur qui se trouve au fond du couloir. Il n'a pas fermé la porte derrière elle, elle sait qu'il la regarde... Elle essaye de marcher d'un pas droit, surtout ne pas balancer ses fesses. Mais soudain elle fait un faux pas et manque de tomber. Elle se rattrape au mur, ne se retourne pas et continue de marcher la tête bien droite jusqu'à l'ascenseur. Elle a l'air ridicule, elle a encore rougi, mais au moins il ne voit pas son visage. Il y a huit étages dans cet immeuble. Ils sont au cinquième, elle ne peut donc pas prendre l'escalier, d'autant qu'il lui faudrait faire demi-tour et repasser devant lui. Elle est donc obligée d'attendre l'ascenseur.

Derrière elle, il n'a toujours pas refermé la porte, il la regarde certainement. Mais il ne dit rien. Enfin, elle ouvre la porte de l'ascenseur et entre dans la cabine. Au même instant, elle entend la porte du studio se refermer. Elle se regarde dans le miroir de la cabine : ses pommettes sont roses et sa lèvre inférieure vient de frémir nerveusement. Elle se sent toute remuée, Catherine Salernes.

Elle retourne à la boutique. Elle s'est absentée plus longtemps que prévu et va s'asseoir derrière son bureau. Elle a envie de pleurer, elle a envie d'être dans son lit, elle ne se sent pas bien. Elle pense à son locataire et à son eau de toilette. Elle pense à sa chemise en oxford bleu qui n'était pas bien repassée. Elle est fâchée contre elle-même et contre lui. Elle s'est comportée comme une gamine à rougir toutes les cinq minutes. Elle pense à son faux pas dans le couloir... Elle a honte, il n'y a rien de plus ridicule que de trébucher !

Et lui, pourquoi la regardait-il aussi ? Il aurait pu fermer la porte plutôt que de la regarder ! Et pourquoi lui a-t-il demandé où elle travaillait, il est bien curieux ! Elle se souvient subitement qu'il ne lui a pas demandé où elle travaillait, mais uniquement ce qu'elle faisait ! Elle rougit encore, c'est fou ce qu'elle a été idiote !

C'est comme cela que Madame a commencé à y penser. D'abord tout l'après-midi et puis jusqu'au lundi suivant, jusqu'à ce qu'elle apporte le rideau de douche. Quand je dis : elle y a pensé, c'est comme une jeunette ! Parce que Madame n'a pas de mauvaises idées ! Du reste, si elle avait dû se confesser, on n'aurait pas pu lui reprocher le péché de la chair, ni même celui du désir. À mon avis, à ce moment-là, elle ne savait même pas ce que c'était, le désir !

Avec Monsieur, ça fait bien longtemps qu'ils ne couchent plus. Au moins dix ans. Et même à l'époque, c'était pas souvent ! D'abord, ils ont toujours fait chambre à part. En plus, il paraît qu'elle est sèche et que ça ne rentre plus. Elle a lu dans un magazine qu'on pouvait mettre de la vaseline, mais elle n'aurait jamais osé acheter de la vaseline... Tout le monde aurait compris. Et puis Monsieur n'aurait certainement pas aimé, ça doit graisser ! Et si ça se trouve, ça tache les draps, ça n'aurait pas fait mon affaire ! Elle n'en a jamais parlé à son médecin ! De toutes les façons, pour quoi faire ? Il paraît que c'est l'âge ! Et puis Monsieur s'en accommode très bien, c'est même lui qui lui a dit que ça n'était plus possible, que ça les irritait inutilement tous les deux. D'ailleurs, Madame n'était pas portée sur la chose ! Quand ils le faisaient, c'était Monsieur qui venait dans sa chambre, jamais le contraire ! Il ne restait pas longtemps, un quart d'heure maximum... Ça m'étonnerait fort que Madame connaisse les petites caresses coquines ! Je comprends qu'elle n'ait jamais aimé ça, la pauvre ! Peut-être que si elle avait été plus câlinée là où je pense… rien ne serait arrivé !

Ce lundi matin, Catherine Salernes passe beaucoup plus de temps à s'habiller qu'il ne lui en faut habituellement. Elle choisit d'abord une tenue de week-end, plutôt décontractée. Elle met un jean et un pull à col roulé bleu marine. Par-dessus, elle enfile une veste camel en cachemire et laine. Puis elle entre dans la chambre de Virginie et lui prend ses escarpins plats. Mais en se regardant devant le miroir de l'armoire, elle s'aperçoit qu'elle cherche à se rajeunir et se déshabille, honteuse. Elle opte alors pour un tailleur noir et un chemisier de soie beige. Henriette s'étonne de cette élégance pour un jour de congé. Catherine Salernes répond qu'elle fait seulement des essayages et retourne devant son miroir. Dix minutes plus tard, elle sort de sa chambre en pantalon beige avec un pull à col roulé noir. Aux pieds, elle porte les chaussures de Virginie.

Elle est convenue d'un rendez-vous avec son locataire. Elle lui apporte le nouveau rideau de douche. Olivier Grancher ouvre la porte. Son sourire est chaleureux. Il émane de son corps cette même odeur musquée et masculine que Catherine avait aimée instinctivement. Son regard est pénétrant, un rien provocateur. Il semble jouer avec Catherine en alternant une fausse nonchalance et une maturité protectrice. Il est à la fois l'enfant qu'on aimerait protéger et l'homme dans les bras duquel on voudrait se laisser aller. Elle s'est promis de parler le moins possible et pénètre, en maîtresse des lieux, jusqu'à la salle de bains. Elle commence à ôter un à un les anneaux de plastique de la tringle de douche. Le rideau n'est pas sec, de petites gouttes d'eau l'éclaboussent parfois, l'obligeant à reculer de quelques centimètres.

La salle de bains sent son eau de toilette. Tous les jours de la semaine dernière, pendant l'heure de fermeture de sa boutique, elle est allée chez le parfumeur de la rue de Sèvres, tentant en vain d'en identifier la marque.

Elle laisse tomber le rideau mouillé dans le bac, ouvre la pochette qui contient le nouveau rideau et le déplie. Elle en a choisi un transparent à larges rayures bleu marine. C'est plus masculin. Elle ramasse les anneaux qu'elle a posés dans le lavabo et les fait coulisser dans les œillets. Elle lève les bras pour raccrocher les anneaux à la tringle, mais il est plus facile de les décrocher. Il lui manque quelques centimètres pour être plus à son aise. Elle aurait dû garder ses chaussures à talons. Derrière elle, elle entend la respiration d'Olivier Grancher. « Laissez, je vais vous aider », lui dit-il. Il est beaucoup plus grand qu'elle. Elle n'a pas le temps de se retourner, il lève déjà ses bras vers la tringle. Il se tient derrière elle et la retient prisonnière. Si elle se retourne, sa bouche risque de frôler le col de sa chemise. Elle reste debout devant la douche, en lui tournant le dos. Chaque fois qu'Olivier Grancher fixe un anneau à la tringle, elle sent le corps de l'homme se rapprocher d'elle et effleurer ses fesses. Chaque fois qu'Olivier Grancher prend un bout du rideau, la main de l'homme, en s'abaissant, frôle son sein. Il y a une vingtaine d'anneaux. À chaque nouvel anneau, Catherine Salernes sent ses fesses ou ses seins frémir sous le contact du corps de l'homme. Lorsque ses seins ou ses fesses frémissent, elle sent une décharge électrique fulgurante au creux des reins et une chaleur, presque une brûlure, entre ses jambes. Mais elle ne sait pas encore que ça s'appelle le désir. Lorsque enfin il place le tout dernier anneau, sa main en descendant se pose sur son sein. Oh ! À peine un quart de seconde. Assez pour que Catherine Salernes laisse échapper un râle, si faible qu'on l'entend à peine. Mais lui, l'a entendu. Et son corps se rapproche, imperceptiblement. Elle se retourne enfin et il s'écarte d'elle. Son visage n'est plus qu'un feu de braise. D'une voix étranglée par le désir qu'elle n'identifie pas encore, elle lui dit : « Vous pouvez jeter l'autre rideau. »

Elle remet son manteau, ses jambes sont flageolantes, elle attend l'ascenseur. Cette fois, il a fermé la porte. Elle se regarde dans le miroir de la cabine qui descend lentement vers le rez-de-chaussée et esquisse un signe de croix. Elle a besoin que Dieu lui vienne en aide. Elle sort dans la fraîcheur de l'air et marche machinalement jusqu'à sa boutique. Elle se rend compte qu'on est lundi. Elle ne se sent pas la force de conduire à nouveau, elle prend un taxi à la station Duroc. Elle se glisse dans son lit, il est à peine midi. Elle ferme sa porte à clef et gémit doucement. Elle se dit que le diable a envahi son corps. Le fond de sa culotte est humide. Elle chuchote à voix basse : « Mon Dieu, aidez-moi ! »

Les jours qui suivent, Catherine Salernes est mélancolique. Elle pense à cet homme le matin, lorsqu'elle se rend au magasin. Elle se demande si elle va le rencontrer, par hasard, au détour d'une rue, lui partant pour ses cours, elle ouvrant sa boutique ou allant à la banque. Elle pense à cet homme dans la journée. Elle se souvient de sa promesse de venir la voir dans sa boutique. Elle reste derrière la porte, comme une commerçante qui guette le client, suivant les passants du regard et espérant le voir. Elle pense à cet homme dans la soirée. Elle n'arrive pas à se concentrer sur ce que disent Jean ni même ses enfants. Elle est ailleurs. Elle revit continuellement et inlassablement sa main frôlant son sein et s'y posant même l'espace d'un instant. Et chaque fois que cette main frôle à nouveau son sein, elle a au creux des reins la même pointe douloureuse et pourtant délicieuse qui l'étonne chaque fois. Elle pense à cet homme la nuit, dans la solitude de son lit. Elle qui auparavant s'endormait juste en fermant les yeux, elle ne parvient à trouver le sommeil que lorsqu'elle se persuade enfin que cette main sur son sein n'est que pure invention et vanité de femme. Elle redevient alors une bonne mère et une épouse parfaite. Elle s'endort rassurée, oubliant ses espoirs derrière la porte vitrée d'une boutique de cadeaux. Mais quand au petit matin elle se réveille dans un sursaut sauvage, le corps secoué des spasmes d'un désir rebelle, elle sait au fond d'elle-même qu'une force inconnue l'absorbe peu à peu et qu'elle n'y pourra rien.

Les semaines passent. Catherine Salernes souffre. Elle désespère de ne pas le voir. Elle se demande comment elle pourrait l'apercevoir, ne serait-ce qu'un instant. Enfin, elle trouve un prétexte, celui de venir chercher elle-même son chèque de loyer chaque premier lundi du mois. Avant, elle exigeait un virement, mais de cela, il n'est pas au courant.

Depuis quelques semaines, Xavier Bizot est inquiet au sujet de Mme Salernes. Il se demande si elle n'est pas souffrante, mais il n'a vu passer aucun paiement à l'attention d'un médecin ou d'un centre de soins. Pourtant, elle a maigri et semble préoccupée. Certains jours, elle a le teint un peu défait de ceux qui dorment mal. Elle est toujours élégante, mais elle est moins ponctuelle et semble un peu pressée.

À son regard morose et vague, il se dit qu'un parent malade ou peut-être son garçon lui donnent quelques soucis. À moins que ce ne soit son mari. Il espère que Mme Salernes est simplement affectée par des problèmes passagers, car il ne supporterait pas qu'elle puisse souffrir. Pour Xavier Bizot, Mme Salernes représente ce dont il a toujours rêvé mais qu'il n'a pourtant jamais connu chez aucune autre femme et encore moins chez la sienne : l'élégance et la distinction, la fidélité et le dévouement à sa famille. Même la maternité ne l'a pas abîmée. Elle n'est pas comme ces femmes qui perdent leur éclat dès la première grossesse. Il pense à sa femme qui même sans grossesse a perdu son éclat. Enfin, si on peut parler d'éclat, car elle n'en a jamais eu. Pourtant, au début de leur mariage, elle paraissait moins terne. Dans la rame de métro qui le mène au travail, Xavier Bizot songe au nouveau rouge à lèvres de Mme Salernes : sa couleur a changé, il est beige-brun. Cela le chagrine un peu, il préfère quand son rouge est fuchsia ou bien rouge orangé.

Ce premier lundi d'avril, Catherine Salernes a le cœur battant d'une jeune fille qui joue avec le feu et les délices de l'inconnu. Elle est calme, pourtant. Ces dernières semaines ont été si troublées et l'attente si longue qu'elle se sent maintenant apaisée à l'idée de le voir. Ils se sont donné rendez-vous. Elle ne voulait plus attendre. Elle lui a proposé dix heures. Il lui ouvre la porte, il vient de s'habiller, sa chemise est mouillée aux épaules et il a un peu de mousse à raser sur le lobe de l'oreille. L'odeur de son eau de toilette est encore plus forte que d'habitude. Il a fait du café. Il lui en propose. Elle accepte. En fait, elle prend du thé, mais elle ferait n'importe quoi pour rester plus longtemps avec lui. S'il lui donnait le chèque immédiatement, elle serait obligée de partir. Elle veut pouvoir absorber le plus d'images possible pour les prochaines semaines. Ainsi, l'attente jusqu'au premier lundi du mois de mai lui sera moins pénible.

Les deux chaises autour de la table sont encombrées de dossiers. Le fauteuil devant le lit déborde de vêtements. Elle est un peu gênée de pénétrer ainsi l'intimité d'un homme. Mais c'est si bon aussi. Chez elle, tout est rangé. Même la chambre de son fils. Ils s'assoient sur le lit pour boire le café. Le lit est un peu bas, elle manque de renverser le liquide sur les draps. La soucoupe est pleine de café. Elle boit une première gorgée et tache son chemisier. Avant qu'elle ait pu se lever, il apporte un petit bol d'eau chaude et, avec le coin d'une serviette, il tente d'effacer lui-même la tache. Pour nettoyer sans toucher à son corps, il tire légèrement sur le tissu et mouille quelques centimètres carrés de soie. Lorsqu'il relâche le tissu, le petit rond mouillé vient se coller sur le corps de Catherine, laissant apparaître derrière la transparence la dentelle du soutien-gorge et l'aréole.

Il est à genoux devant elle. Il effleure du doigt le mamelon à travers le tissu mouillé. Il est silencieux.

Catherine se tient droite et raide sur le lit. Elle voit le doigt dessiner des ronds autour de son mamelon. Tout est si monstrueux et si bon à la fois. Elle voudrait se lever et partir, offusquée. Elle voudrait le gifler pour cette outrecuidance. Pourtant, elle ne peut pas. Il pose alors sa tête sur sa poitrine et enlace sa taille.

« Vous m'avez manqué... J'avais envie de vous... » lui murmure-t-il.

Elle ne répond rien, elle est pétrifiée, de peur et de désir. Devant son silence, qu'il saisit comme une invitation, il caresse ses seins, l'un après l'autre puis les deux en même temps. Il a commencé à dégrafer son chemisier, mais elle l'a arrêté d'un geste de la main. Il caresse son visage, il caresse ses cheveux, il caresse sa nuque et ses oreilles. C'est la première fois de sa vie qu'on l'étreint ainsi. Si tendrement, si doucement, si lentement. Elle ferait n'importe quoi pour étirer indéfiniment ces caresses. Ses reins ne sont plus que des milliers de pointes douloureuses et exquises qui reviennent comme des flèches à chaque nouvelle caresse. Il effleure ses chevilles, ses mollets et ses jambes. Lorsque ses doigts veulent remonter plus haut sous la jupe de Catherine, elle l'arrête encore. Il l'allonge sur le lit, elle se laisse faire. Il a posé un doigt sur ses lèvres, comme pour lui dire de ne rien dire, et achève de défaire un à un les boutons de son chemisier. Elle ferme les yeux, de plaisir et de honte.

Il embrasse ses seins à travers la dentelle. Il passe une main derrière son dos et défait d'un geste les agrafes de son soutien-gorge. Ses seins, libérés d'un seul coup de l'étau, jaillissent de ce corps encore tout habillé. Leurs mamelons sont durs et implorent davantage de caresses. L'image de ces deux seins, généreux, maternels, surgissant de cette femme de quinze ans son aînée, bourgeoise et mal baisée, le rend fou de joie. Il est comme un adolescent, pressé, émerveillé. Il prend à pleine bouche ces mamelons et les suce, avidement, sensuellement. Elle a dit non deux fois, mais elle n'a pas repoussé ses lèvres. Il remonte sa jupe tandis qu'elle ferme les yeux, dérobant son joli visage derrière le bras qu'elle vient de poser telle une enfant craintive. Il baisse ses collants, centimètre par centimètre, s'arrêtant à chaque fois pour caresser sa peau. Il lui embrasse les pieds, tout doucement. Elle le regarde, étonnée, elle n'imaginait pas qu'un pied fût si sensible.

Il n'est pas parvenu à lui ôter sa culotte, elle serre bien trop les jambes. Mais c'est si bon, aussi, de faire ça par étapes. Il a soulevé le triangle de soie pour pouvoir effleurer de ses lèvres, doucement, son pubis si soyeux. Il est terriblement excité. Il a la sensation d'avoir devant lui une pucelle de quarante-cinq ans. Il veut tout lui apprendre, il veut l'entendre jouir et hurler de plaisir. Il veut qu'elle prenne son sexe à pleine bouche et le suce.

Et elle est tellement belle, et tellement déroutante que déjà il sent pour cette femme si fragile une bouffée de tendresse l'envahir d'un seul coup.

Xavier Bizot s'y perd. Ses repères habituels sont brouillés. Il n'a pas trouvé le virement de 3 500 francs correspondant au montant du loyer du studio. L'année scolaire n'est pas terminée, il ne devrait donc pas y avoir d'interruption. Il a bien une carte bleue d'un montant de 380 francs pour la teinturerie *Dans le temps*. Et c'est au changement de locataire que Mme Salernes fait nettoyer tout le linge. Il aurait dû voir passer un virement. Et même si elle avait augmenté le loyer, il aurait dû voir passer le règlement. Peut-être que la nouvelle locataire entre en cours de mois, mais alors pourquoi faire nettoyer les draps maintenant? D'habitude, Mme Salernes ne le fait qu'au dernier moment.

Lundi dernier, il l'a rencontrée rue de Sèvres. Cela n'arrive jamais. Au moment où il s'apprêtait à la saluer, elle a tourné la tête. Pourtant, il jurerait qu'elle l'avait vu! Tous les matins, il tente de la sonder avec plus d'insistance. Elle lui semble rêveuse. Avant aussi, elle lui semblait rêveuse, mais pas de la même façon.

Ça fait le deuxième lundi que Madame sort tôt. Je me demande où elle va. Elle s'habille comme un dimanche, mais en mieux. J'espère que cet après-midi, elle ne sera pas comme lundi dernier. Elle était rentrée sur le coup de trois heures, elle avait fermé sa porte à clef et n'était pas venue dîner. Monsieur n'était pas content. Je lui ai dit qu'elle ne se sentait pas bien, il a répondu que tout est dans la tête. Quoique, à mon avis, c'est vrai, parce que je vois pas d'où elle était malade. Elle n'a pas vomi, ni rien. Si elle recommence ce soir à être comme la semaine dernière, moi, je reste dans ma cuisine ! Quoique ! Monsieur ne crie jamais. Mais c'est pire. Moi, quand il est fâché, il me fait peur !

Pour Catherine Salernes, la semaine passe à l'allure d'une fusée dans l'espace. Rapide, silencieuse, irréelle. Elle est loin de tout, loin du monde et de ses proches. Les seules images qui l'inondent du soir au matin sont le visage et les mains d'Olivier Grancher, semblables à une myriade d'étoiles resplendissantes et immenses dans le ciel noir et gris de sa vie monotone.

Elle vit chaque jour de la semaine dans un état second. Lorsqu'elle est à la boutique, elle se pelotonne sur sa chaise et s'évade très loin, dans les bras du jeune homme. Elle entend à peine le tintement de la porte qui s'ouvre. Elle ne voit pas les heures passer. Lorsqu'elle est chez elle, le soir, avec sa famille, elle tourne en rond, comme une prisonnière dans sa cellule. Elle ne voit que des murs et des portes fermées. Elle voudrait s'échapper, retourner dans sa chambre, se blottir tout au fond de son lit et revivre encore et encore et pour la millième fois ces mains musclées sur ses deux seins, ces seins qu'elle a laissé engloutir dans la bouche d'un homme, pour la première fois. Elle se souvient de la douceur de la langue et ses mamelons durcissent. Avant, ils ne durcissaient que sous l'effet du froid. Elle se souvient encore de cette bouche se posant doucement sur le bas de son ventre. Elle répète ce geste inlassablement, des milliers de fois, dans sa mémoire à fleur de peau. Elle ne peut plus réfréner les flèches douloureuses, délicieuses, dans le creux de ses reins, ni la boule de feu lancinante, permanente, qui déferle entre ses jambes.

Le lundi, enfin, est venu comme une délivrance. Elle attend le départ de Jean et des enfants avec nervosité. En sortant de son bain, elle se regarde, pour la première fois, dans le miroir caché de son armoire ouverte. La serviette à ses pieds, elle se contemple nue pour voir ce qu'il a vu de ce corps jusque-là ignoré. Elle regarde ses seins, les soulève à pleines mains, les approche du miroir comme si c'était une bouche. Qu'un homme, presque inconnu et si jeune de surcroît, ait pu prendre ses seins, comme cela, elle ne peut pas y croire!

Elle met son tailleur rose, se coiffe et se maquille. Elle se sourit, elle est légère. Elle va voir Henriette à la cuisine et lui fait rapidement ses recommandations pour le dîner. Enfin, elle sort, joyeusement, dans les rues de Paris, rejoindre son locataire. Elle se sent belle, elle se sent femme.

Il la soulève de terre et l'allonge sur le lit. Il l'embrasse et il rit. Elle lui a tant manqué. Elle est pareille à une enfant, étonnée, effrayée, qui viendrait de trouver, cachée au fond de la remise, cette nouvelle gourmandise si délicieuse, si interdite qu'elle en demande encore et encore, car elle n'est pas rassasiée.

« Vous voulez du café ?

— Pour vous dire la vérité, je n'aime pas le café ! »

Ils rient comme deux enfants.

« Vous voulez boire quelque chose ? Du Coca ?

— Non, merci... » Elle s'est assise sur le lit, elle a croisé les bras sur son manteau qu'elle n'a pas encore enlevé. Elle est intimidée, elle ne sait pas quoi faire. Il a compris son embarras, il lui prend la main pour qu'elle se mette debout, il lui retire son manteau et sa veste puis doucement sa jupe. Il la regarde. Ses jambes sont minces et musclées. Elle est belle. Elle a gardé ses chaussures à talons. Elle se tient droite, elle ne bouge pas. Elle attend sagement, le cou un peu penché et le regard lointain, qu'il la prenne dans ses bras. Elle lui semble si vulnérable derrière ce masque distant qu'il ne sait vraiment plus jusqu'où il peut aller. C'est si embarrassant, mais tellement excitant de devoir déflorer une femme-enfant.

« Vous avez pensé à moi ? » demande Olivier.

Elle ne s'attendait pas à cette question.

« Oui... murmure-t-elle.

— Et de quelle façon ?

— D'une façon gentille...

— Ce n'est pas une réponse ! Avez-vous pensé à mon corps, non... Pas à mon corps, vous ne le connaissez pas encore... Mais à mes mains qui caressaient vos seins ? » Il sourit, il aime la voir rougir.

Elle est toujours debout, en chemisier et en collant. Son regard est devenu craintif. Qu'attend-elle aujourd'hui, dont elle aurait rêvé toute la semaine passée ? D'être à lui, entièrement ? Ou de revivre encore ces quelques chastes attouchements sur sa poitrine et ses cuisses ?

« Vous dites des sottises ! » minaude-t-elle.

Elle n'ose plus le regarder. Sa façon de parler est tellement surannée qu'Olivier Grancher a la fugitive impression d'être entré dans un roman du début du siècle. Cela lui donne envie de lui apprendre la vie, la vraie. Il imagine cette femme dire des gros mots, et cela le fait rire.

« Qu'est-ce qui vous fait rire ? »

Elle est sur la défensive.

« Vous ! » L'agressivité de son ton l'a surpris, il a envie de la provoquer... « Je me demandais à quoi nous allions jouer. Qu'est-ce qui vous ferait plaisir aujourd'hui ?

— Vous vous méprenez, monsieur ! »

Elle a retrouvé son expression lointaine et froide et ce ton hautain de bourgeoise qui se croit supérieure. Elle cherche des yeux sa jupe, elle est si ridicule ! Il se dit à quoi bon, il a déjà envie d'arrêter cette histoire avant qu'elle ne commence. Cette femme est bien trop suffisante pour être appétissante ! Mais en même temps, alors qu'il la voit remettre sa jupe à toute vitesse, il perçoit la honte sourdre de son pâle visage et il a de la peine. Pourquoi la provoquer ? Bien sûr qu'en venant ici même, elle cherche du plaisir, mais peut-il le lui reprocher ? Après tout, lui aussi a la même envie !

« Pardon ! Excusez-moi ! Je suis un vrai goujat ! »

Il se dit que ce mot va bien dans le contexte. Il se dit qu'il n'a encore jamais fait l'amour avec une femme de cet âge et qu'il a envie d'elle. Il se dit qu'il n'a jamais vouvoyé une femme en lui faisant l'amour et que ça doit être excitant. Il s'approche d'elle, tendrement…

« Mes questions sont idiotes… Moi, j'ai pensé à vous, à vos seins, à votre bouche, vous m'avez tant manqué ! Restez, je vous en prie ! »

Elle ne répond pas, elle a été blessée. Pourtant elle sait, au fond d'elle-même, qu'elle ne peut pas partir, car elle doit impérieusement sentir à nouveau ces mains sur ses seins. Elle en a tant rêvé.

Il lui enlève sa jupe pour la seconde fois, et puis son chemisier. Il embrasse sa poitrine. Il vient d'ôter son soutien-gorge, il est submergé par la blancheur de ses formes généreuses. Il enfouit sa tête dans la douceur des seins. Il les soupèse et les lèche sensuellement. Il fait rouler son collant jusqu'à ses pieds. Elle est toujours debout, elle n'a pas enlevé ses chaussures. C'est à lui de tout faire et ça l'excite vraiment. Il lui a laissé sa culotte encore quelques instants, pour le ravissement que lui procure l'imminence de la chose. Il la contemple encore un moment en silence, puis fait glisser le voile fin du tissu le long de ses cuisses, sans un bruit, sans une caresse. Il s'agenouille tout près d'elle, et approche sa bouche du pubis de la femme… Il sent son parfum, rien encore de son intimité. Elle est enfin nue ! Elle met une main devant son sexe comme pour le cacher au regard de l'homme et une autre devant ses seins. Elle a baissé les yeux. Il l'allonge sur le lit. Il veut caresser l'intérieur de ses cuisses, mais elle tient ses jambes serrées.

« Détendez-vous, ce n'est rien ! »

Elle a posé sa main sur ses yeux, comme pour se cacher de ce qu'elle va lui montrer. Elle entrouvre ses jambes de quelques millimètres et lui chuchote :

« Ce n'est pas possible !

— Mais si, c'est possible... murmure-t-il en glissant sa main plus profondément dans l'interstice offert.

— Je veux dire... Je ne peux plus... Vous ne pouvez pas... Je suis sèche!

— Vous êtes quoi? »

Il a envie de rire mais il se retient par peur de la blesser à nouveau. Ses doigts sont tout humides du suc de son sexe déjà plein de plaisir. « Laissez-vous aller... Vous savez ce qu'il faut faire dans ces cas-là?

— Non! »

Elle est tout étonnée. Elle pense qu'il va lui parler du tube de vaseline. Et avant qu'elle n'ait le temps de réagir, il écarte ses jambes, pose ses lèvres sur son sexe, passant et repassant avec avidité sa langue sur la chair.

Elle crie : « Arrêtez! Vous êtes fou! » Elle essaye de refermer ses jambes, elle cambre ses reins mais ainsi il la lèche encore plus facilement. Il s'arrête subitement : « Ça ne vous plaît vraiment pas? Vous voulez que j'arrête? » Elle se tait instantanément. Elle veut encore sentir cette langue sur sa peau. Elle est prête à tout pour qu'il ne s'arrête pas.

« Faites ce que vous voulez », lui dit-elle simplement.

Pendant un long moment, dans le désordre des draps froissés, il la caressera. Il ne s'est pas déshabillé. Ce sera pour la prochaine fois. Avec elle, il aime procéder par paliers. Plus tard, il lui apprendra à caresser un homme.

« N'avez-vous que le lundi de libre? lui demande-t-il pendant qu'elle se rhabille dans la salle de bains. Parce que attendre une semaine avant de vous revoir, ça me paraît insupportable! Pas à vous?

— J'ai l'heure du déjeuner...

— Une heure, c'est juste le temps pour vous déshabiller... N'avez-vous rien d'autre à me proposer?

— Le jeudi soir, je vais à la nocturne du salon de coiffure.

— Ça nous laisse combien de temps?

— Je ferme à sept heures, je rentre à vingt et une heures. Du moins, je dois partir à vingt heures trente.

— Alors, vous apprendrez à vous déshabiller plus vite. Quand voulez-vous commencer ? Demain ?

— À quelle heure ? » Son cœur bat, elle aimerait déjà être à demain.

« Je peux être chez moi à treize heures quinze, mais je repartirai à quatorze heures. Mercredi, j'aurai deux heures et jeudi, vendredi, une heure à nouveau. Par contre samedi, je suis libre.

— Samedi, c'est le jour où je travaille le plus...

— On verra, on s'arrangera... Vous allez me manquer jusqu'à demain ! »

Et il l'embrasse sur la bouche, tendrement, comme un jeune amoureux.

Dans les semaines qui suivirent, les deux amants n'eurent de cesse qu'ils ne se voient tous les jours, s'absorbant dans leur passion cachée, envoûtés qu'ils étaient l'un de l'autre et puisant dans leurs étreintes une énergie nouvelle. Les premiers jours, Olivier déshabillait Catherine dans un silence respectueux, comme si le fait de ne pas parler pouvait en quelque sorte atténuer sa pudeur. Elle dévorait alors les caresses du jeune homme avec un appétit gourmand qu'elle tentait de cacher sous des regards pondérés et indifférents. Elle semblait inébranlable, croyant sans doute qu'une apparente sérénité évincerait toute idée de péché. Le mois d'avril était déjà bien avancé lorsque Olivier eut l'immense joie d'entendre Catherine se laisser enfin aller à gémir de plaisir. Son corps s'ouvrait à lui, elle sollicitait sa main en la guidant à sa guise. Ils firent l'amour un lundi matin, renvoyant comme un écho au chant printanier des oiseaux les cris de leur jouissance infinie.

Ce premier mois restera gravé dans leur mémoire telle une ode à l'amour charnel, ponctué d'une tendresse espiègle. Leurs corps se découvraient mutuellement, réveillant l'une aux caresses d'un homme et confortant l'autre dans sa virilité. Catherine, pour n'avoir jamais connu le plaisir, l'absorbait maintenant comme un corps assoiffé d'eau se désaltère dans une oasis. Ils pensaient avoir tout leur temps pour se découvrir chaque jour plus intimement. Ils savouraient l'instant. « Demain, lui disait Olivier, je vous... » Et il lui chuchotait ses fantasmes à l'oreille. Alors, elle faisait semblant d'être choquée de tant d'impudeur, puis partait d'un grand éclat de rire en lui disant, les yeux pleins d'une nouvelle malice, que jamais elle ne pourrait attendre jusqu'au lendemain. Ils s'embrassaient aussi et se donnaient un tas de petits noms affectueux : Elle l'appelait *mon jeune locataire* ou *mon petit professeur*, et lui la nommait *comtesse* ou parfois *ma maîtresse* ou *ma petite bourgeoise*. Ils continuaient de se vouvoyer, même en faisant l'amour, perpétuant ainsi l'idée d'une romance intemporelle et un rien surannée.

Le soir, chez elle, Catherine Salernes est joyeuse, presque drôle. Elle parle de ses clientes du jour, s'enquiert du travail de Jean et des amis de Virginie. Elle devient volubile. Non pour cacher derrière son flot de paroles un secret interdit, mais simplement parce qu'elle est heureuse et qu'elle peut enfin s'intéresser aux autres. Les membres de sa famille ne montrent pas le moindre étonnement à ce changement d'attitude. On pourrait même se demander s'ils l'ont remarqué. Rien, en tout cas, dans leur comportement ne le laisse penser.

Lorsque Catherine Salernes regarde son mari, elle se dit qu'elle a un amant, et qui est, de surcroît, de vingt-cinq ans le cadet de Jean. Elle songe qu'elle est la maîtresse d'un homme qui lui embrasse le sexe et elle ne rougit pas. Elle pense au sexe d'Olivier et regarde avec effronterie son mari dans les yeux. Elle se demande ce qu'il fait de son sexe. Elle se souvient vaguement d'une petite chose froide et molle, mais de rien d'autre. Elle se dit qu'elle vit dans l'adultère, c'est-à-dire le péché. Mais elle n'a pas le moindre sentiment de culpabilité. Tout s'est passé si vite et si naturellement entre Olivier et elle, qu'elle n'a pas eu le temps de réfléchir. Elle se rappelle ses tourments des premières semaines, mais c'était de ne pas le voir qui la rongeait et non de tromper Jean. En goûtant aux premières caresses d'Olivier, elle a immédiatement décidé de ne se poser aucune question.

Avant de rencontrer Olivier, lorsqu'elle lisait, au hasard des pages des magazines féminins, les témoignages de ces femmes qui avaient des amants, cela lui paraissait incongru. Elle ne se sentait pas concernée, elle ne comprenait même pas qui pouvaient être ces femmes et ce qui les motivait. Maintenant, elle sait qu'avoir un amant, c'est enfantin et limpide, et que désormais, cela fait partie intégrante de sa vie, comme l'évidence que deux et deux font quatre.

En considérant tour à tour son mari et ses enfants, Catherine Salernes s'étonne de pouvoir les regarder sans honte ni culpabilité. Elle le fera très bien. Et même de mieux en mieux.

Jusqu'à la mi-mai, les amants se réfugient dans l'intimité de la chambre, se dérobant aux regards des autres. Puis ils commencent à sortir, d'abord timidement, le samedi matin, jusqu'au petit café qui fait l'angle avec la rue Pierre-Leroux. Enfin, ils s'enhardissent, étendant leurs promenades à Sèvres-Babylone et même à Saint-Germain-des-Prés. Olivier veut faire découvrir à Catherine tous les endroits qu'il aime et qu'elle ne connaît pas. Ils restent cependant dans un périmètre assez limité car leurs plages de liberté sont courtes.

Au début, Catherine redoute de croiser un membre de sa famille ou même une connaissance, mais ce quartier est si éloigné de ses fréquentations et du lieu de travail de Jean qu'elle se laisse convaincre. Lorsqu'ils déjeunent au restaurant, Catherine tient parfois à régler l'addition. Les premiers temps, Olivier ne voulait pas. Mais Catherine avait pleuré. « Si j'avais votre âge, lui avait-elle reproché, ça ne vous aurait pas gêné ! » Et comme c'était vrai, ils n'en avaient plus reparlé.

« Vous voyez, lui dit-il un jour qu'ils étaient attablés à la terrasse ensoleillée du *Sauvignon,* je suis sûr que vous n'avez jamais mangé du chèvre chaud sur une tartine de pain Poilâne grillée ! Avec un verre de chablis, c'est divin, non ? »

Un homme au regard tourmenté et qui passait, pressé, regarda un instant leurs assiettes avec envie. Il semblait hésiter à s'asseoir à la petite table à côté de la leur. Finalement, il poursuivit son chemin.

« Je dois vous avouer que je n'ai même jamais mangé de pain Poilâne ! Je sais qu'il est réputé excellent, mais j'ai l'habitude d'acheter mon pain chez *Florent*, la meilleure boulangerie de mon quartier…

— Vous avez trop d'habitudes, Catherine ! Votre vie manquait tellement de fantaisie avant qu'on ne se rencontre ! C'est vrai, ne riez pas ! Cela me terrifie à chaque fois que je vous entends !

— Là, vous exagérez ! Je suis arrivée à prendre un amant tout mignon et tout jeune… Si ce n'est pas de la fantaisie !

— C'est vrai, comtesse, que vous aimez la chair fraîche et vous ne le saviez même pas !

— C'est ça, moquez-vous de moi et vous serez privé une semaine entière !

— C'est vous qui seriez la plus privée ! Vous ne pouvez plus vous passer de moi et… » lui chuchotant à l'oreille… « de mes caresses sur…

— Chut ! Taisez-vous ! » Elle est heureuse et honteuse à la fois des mots qu'Olivier lui murmure ! « On pourrait nous entendre ! »

Catherine s'amuse avec Olivier. Pourtant, même dans ces moments de tendre complicité, elle se retient de lui prendre la main ou de poser la tête sur son épaule, ne serait-ce qu'un instant. Elle fait très attention au moindre de leurs gestes car elle vit dans la peur que Jean n'apprenne qu'elle a un amant et qu'il ne la chasse de la maison. Où irait-elle alors et que diraient ses enfants ? Une ombre passe sur son joli visage. Dans sa tête, pour la centième fois, défile lentement le scénario qui la pétrifie d'effroi. À part la boutique qui lui laisse à peine de quoi s'acheter quelques robes, elle n'a pas un sou vaillant devant elle. Elle pense qu'elle a sacrifié assez de choses pour qu'aucun souci matériel ne vienne maintenant ternir sa vie. Elle ne prendra pas le risque de tout perdre, fût-ce pour la plus belle histoire d'amour ! Régulièrement, Catherine pense avec scrupules à sa mère qui vit toujours à Lons, dans son petit trois-pièces. Elle dit à sa fille qu'elle n'a pas besoin de plus, mais la hantise de Catherine serait de finir sa vie comme elle : petitement, discrètement, dans une ville de province où chacun connaît tout le monde. Jamais ! se dit Catherine. Plutôt mourir ! De toutes les façons, pourquoi y penser ? Jean ne le saura jamais ! Et puis quels risques prend-elle, puisqu'elle n'envisage pas d'avenir avec Olivier ? Catherine sait que leur histoire ne sera jamais qu'un bonheur furtif. D'ailleurs, elle ne s'en soucie pas. Du moins pas encore. Elle n'imagine pas être délaissée pour une autre femme. Elle vit au présent, sans se poser plus de questions qu'elle ne s'en est jamais posé tout au long de sa vie.

Xavier Bizot sent confusément que quelque chose de grave est en train de se produire. Il ne s'agit plus d'un malheureux virement manquant, mais d'un millier de détails qui, dans la vie de Mme Salernes, ont changé. Placés bout à bout, ces petits riens doivent bien raconter une histoire, mais laquelle ? L'employé de banque a peur de comprendre. Il s'accroche désespérément à l'idée que tout va reprendre son cours, mais il sait au fond de lui qu'une catastrophe est imminente. Au lieu de recevoir un virement de 3 500 francs, Mme Salernes encaisse maintenant un chèque de la même somme. Soit ! À première vue, le résultat est le même ! Mais ce qui dérange Xavier Bizot, c'est que ce chèque, qui a été encaissé par deux fois, ne l'a jamais été en début de mois, mais au contraire à des dates fantasques et tardives. Or ce n'est pas dans l'esprit de Mme Salernes d'accepter un retard de paiement ! Par ailleurs, il a remarqué que les deux fois où elle avait sorti ce chèque, négligemment, du fond de son sac, elle avait rougi en le lui tendant. Pourtant, elle ne rougit pas, Mme Salernes, lorsqu'elle lui tend, l'air hautain, les chèques de sa boutique ! S'agirait-il du paiement d'un tout autre commerce ? Le commerce de son corps par exemple ? À cette idée, Xavier Bizot ressent un spasme douloureux à l'estomac. Son visage se contracte sous l'effet de la fureur. Il hait les femmes ! Puis il pense aux lèvres de Mme Salernes qui brillent de cet éclat rouge orangé, couleur de l'innocence. Il s'apaise… C'est un ange, il s'égare… Devant lui défile l'image paisible de la femme. Il a oublié cette nouvelle couleur qui donne à ses lèvres cette nuance brune, plus chaude et plus sensuelle. S'il s'en était souvenu, il aurait compris. Car la couleur du rouge à lèvres d'une femme est le reflet de la couleur de son âme. Et le brun est la couleur du diable. Xavier Bizot pense maintenant à la nocturne du jeudi soir, chez le coiffeur. En cinq ans, il n'a jamais vu Mme Salernes manquer une seule fois ce rendez-vous ! Eh bien, maintenant, elle n'y va plus, ni chez ce coiffeur ni chez aucun autre ! Comme ça, tout d'un coup ! Non pas qu'elle soit moins belle depuis ! Au contraire, même ! Simplement, c'est nouveau ! Par contre, pour ce qui est des dépenses à la boucherie, elles sont restées les mêmes ! Preuve que ce n'est pas chez les Salernes qu'il doit trouver ce qui a changé ! Non, bien sûr que ce n'est pas chez eux, il en mettrait sa main à couper ! Salope ! Tu les montres à qui, tes fesses blanches ? Ce qui contrarie le plus Xavier Bizot, ce sont les toutes nouvelles dépenses. Depuis quelques semaines, elles se multiplient. Des restaurants, des magasins de mode… Pas ceux dans lesquels elle a l'habitude d'acheter ses vêtements ou sa lingerie, mais de nouvelles enseignes. D'ailleurs, puisqu'il pense à sa lingerie, comment expliquer cette razzia de sous-vêtements en avril dernier, chez La Perla ? Ses dessous auraient-ils tous déteint ? Il sourit amèrement, car il n'imagine pas un instant que Mme Salernes, si soucieuse du détail, puisse faire passer à la machine ses petites culottes en soie ! Même lui, sait qu'un lavage en machine n'est pas recommandé pour la soie !

Il se souvient de la culotte en soie qu'il avait achetée à sa femme pour leur premier anniversaire de mariage… Il faut dire que dans ce temps, ils n'avaient pas de machine à laver ! Qu'importe, du reste, elle ne l'avait jamais mise, cette culotte ! Elle la gardait pour l'occasion, qu'elle disait ! Laquelle, je te demande ? Celle d'avoir un amant, elle aussi ? Toutes des salopes ! Même moches, elles te piétinent et t'écrabouillent comme un asticot ! Autant les choisir belles, c'est ce qu'il aurait dû faire ! Mais pour ça, évidemment, il faut de l'argent ! Et comme il n'en avait pas, il n'a pu avoir qu'une radasse dont personne ne voulait ! À l'évocation de Josiane Bizot, l'employé de banque sent la colère l'envahir d'un seul coup. Il pense qu'il méritait mieux que cette mégère laide comme un pou ! En fait, c'est Mme Salernes qu'il aurait dû avoir... Douce, attentive, pure et délicate... Et si jolie ! Si parfaite, si élégante ! Le visage de Xavier Bizot s'assombrit tout à coup à l'évocation de la femme adulée. Car tout ça, c'était avant ! Quand la vie de cette femme était si innocente qu'il y lisait comme il lisait dans ses comptes... avec limpidité ! Maintenant, rien n'est plus comme avant.

Mon Dieu ! Je crains le pire ! Madame n'est plus la même ! Et je sais pourquoi ! Je ne suis pas née de la dernière pluie, moi ! Ça a commencé avec les lundis. Ça fait mauvais genre de sortir plus tôt un jour de repos qu'un jour de travail ! Surtout quand c'est toutes les semaines ! Et puis il y a eu le coiffeur : qu'elle n'aille plus à la nocturne, c'est déjà pas normal, mais qu'elle rentre quand même à vingt et une heures ce soir-là, c'est se moquer du monde ! Quoique ! Personne ne semble s'apercevoir de rien dans cette famille, à part moi ! Monsieur aussi rentre à vingt et une heures le jeudi : réunion de la commission ou je ne sais quoi ! Ça tombe bien ! C'est peut-être qu'il a la tête ailleurs pour ne rien remarquer ! Même Thomas, qui observe toujours tout chez sa mère, ne lui a fait aucune réflexion ! Non, mais je vous jure ! Ils sont tous bouchés à l'émeri dans cette famille ! Le pire… On en parle encore dans les chaumières ! Enfin, c'est-à-dire chez bonne-maman ! L'autre dimanche, Madame lui apporte son plat, comme tous les dimanches… Parce qu'il faut vous dire que dans le temps, après la messe, bonne-maman venait déjeuner au troisième avec M. Christian. Mais depuis deux ans, bonne-maman préfère manger chez elle. Alors, Madame lui descend son repas et reste avec elle une demi-heure, histoire de causer… Enfin, bref ! L'autre dimanche, Madame lui apporte son plateau. En général, comme c'est le jour du Seigneur,

Madame me demande de faire un lapin chasseur ou un loup au fenouil, enfin quelque chose de bien. Voilà-t-il pas qu'elle décide de faire elle-même la cuisine ! Et puis pas habituelle ! C'était : carpaccio au parmesan, et raviolis frais aux cèpes et à la crème. J'oublierai jamais ! Remarquez, c'était bon ! Quand bonne-maman a vu ça, elle est restée sans voix :

« C'est toi qui as fait ça ? » elle lui a finalement demandé.

Madame a dit oui, et bonne-maman a répondu :

« Tu fréquentes des immigrés italiens, maintenant ? »

Et Madame, qui en d'autres temps n'aurait rien dit ou se serait excusée, a remporté son plateau et lui a répondu que si ça ne lui convenait pas, elle pouvait demander à M. Christian de lui faire cuire des œufs ! Après, elle a dit une omelette, mais c'était trop tard, même une omelette, c'était limite ! Bonne-maman en est restée sur les fesses, pour rester polie. Pendant que Madame partait, elle lui a quand même crié :

« Sale petite grue ! »

Je n'ai pas su s'il y avait un rapport entre ce que j'ai sous-entendu plus haut et ce mot, mais bon ! Il n'y a pas de fumée sans feu !

Dans le métro qui le conduit chez lui, Xavier Bizot marmonne tout seul tant il est sous le coup de ce qu'il a découvert en suivant Catherine Salernes. Il se sent trahi et humilié par cette femme pour laquelle il aurait donné sa vie. Il est furieux contre lui-même, blessé d'avoir eu la naïveté de croire qu'elle était différente des salopes comme la sienne et comme toutes les autres. Pourtant, pendant cinq longues années d'un dévouement sans faille, il aurait engagé sa vie sur la pureté de cette femme, sur sa fidélité et sa bonne moralité. Maintenant, il a la preuve de sa forfaiture... Avec un gamin, en plus ! Mais pour quelle raison toutes ces salopes ont-elles besoin qu'on leur mette la main au cul ? Et s'il avait su, il lui aurait proposé ses services, mais un jeunet de merde, il n'y a pas idée ! Qu'est-ce qu'il a de plus que lui, ce blanc-bec ? Des muscles plus développés pour mieux besogner son périnée ? Il faut dire, Monsieur est un intellectuel ! Il n'est pas riche, mais il pense, lui !

Il monte d'un pas lourd les quatre étages de l'escalier étroit. L'encaustique sent la pisse de chat. La musique raï s'élève derrière la porte du deuxième. Pourtant, ce sont des Français qui habitent là ! Encore heureux ! Déjà qu'il est de mauvaise humeur chaque fois qu'il rentre chez lui, il vaut mieux qu'il n'ait pas d'autres sujets de mécontentement. Il n'a même pas retiré la clef de la serrure, qu'il entend du fond de la cuisine : « Ferme la porte ! Et retire tes chaussures, j'ai passé la cire ! »

Xavier Bizot n'est jamais content de retrouver sa femme. Jamais. Pourtant, il se dirige toujours vers elle en entrant. Elle est dans la cuisine. Comme tous les vendredis, elle prépare du poisson. Pour être tout à fait exact, des sardines. Depuis qu'ils sont allés sur la Costa Brava, elle fait cette recette de sardines grillées à la tomate tous les vendredis. C'est bon, mais ça pue.

« M'embrasse pas, j'ai mis le masque pour les points noirs !

— Pourquoi ? Tu as des points noirs, toi, à ton âge ?

— Attention, tu vas renverser la marinade. Tu t'es lavé les mains ?

— Tu permets ! J'arrive ! Lâche-moi les baskets, mémère ! Où t'as mis le programme télé ?

— À sa place habituelle, où tu veux qu'il soit ? »

Xavier Bizot prend le programme de la semaine sur le buffet de la salle à manger et se dirige vers les toilettes. Il défait sa braguette d'une main et saisit son membre pour le diriger vers la cuvette à l'eau bleutée, pendant que de l'autre il tient le programme ouvert à la page du vendredi soir. Il laisse son sexe pendre quelques instants avant de le remettre dans son slip. Il a fait trois gouttes jaunes sur le rebord émaillé. Il tire la chasse et retourne voir sa femme.

« Tu préfères quoi, ce soir ? » Il goûte la marinade avec un doigt.

« La 2. Et toi ?

— Ça tombe bien, moi aussi ! »

Mais alors qu'ils sont confortablement assis chacun dans son fauteuil en cuir beige, Xavier Bizot ne regarde pas la télévision. Ses yeux fixent bien l'écran avec la même intensité que ceux de Josiane, mais leur expression est différente. Dans le regard de Josiane Bizot, il y a une lueur d'espoir fatigué. Alors qu'une lueur de méchanceté est venue habiter celui de Xavier Bizot, définitivement. L'appartement sent la sardine. La femme ne sait pas encore que le fil qui tenait leur avenir commun a cassé. Elle penche la tête en avant et s'assoupit. Sa pantoufle vient de glisser de son pied. L'homme à côté d'elle a pris sa décision : puisque Mme Salernes s'avère être comme toutes les autres, elle paiera pour toutes les autres. C'est tout. Il se lève avec orgueil et s'enferme dans les toilettes. Derrière la porte, il entend le ronflement de Josiane se mêler aux voix de la télévision. Il déteste sa femme. Dans sa tête, les images des deux femmes se superposent au rythme cadencé de sa main. Au fur et à mesure que la colère monte en lui, sa violence est en symbiose avec son geste, et c'est d'un mouvement saccadé et désespéré qu'il achève sa branlette mécanique. Il tire la chasse. Les toilettes sentent bon le pin des Landes. C'est sa pièce préférée.

Jean Salernes est en retard. C'est la première fois. Ils se sont endormis. Il se sèche vigoureusement le dos et se dirige vers le valet en acajou sur lequel sont accrochés ses vêtements. Il fait glisser l'extrémité de sa ceinture dans le passant de son pantalon, enfile rapidement ses Weston et boutonne sa veste. Il prend son pardessus dans le placard et ferme silencieusement la porte. En montant dans sa voiture, il tourne le bouton de la radio. Il a raté le début des informations à la télévision. Le carillon d'Europe 1 résonne étrangement dans la Safrane à l'intérieur cuir. Il est vingt heures, les informations. Il fait démarrer doucement le moteur, puis actionne d'une main tranquille le levier de la boîte automatique. Il regarde le cadran de sa montre. Si tout va bien, il sera chez lui à vingt heures vingt-cinq. À temps pour le dîner.

La première lettre est arrivée un mercredi. Au magasin. Catherine est dans l'arrière-boutique. Elle ouvre tranquillement son courrier. Elle ne pense à rien, elle est bien.

Elle ne comprend pas tout de suite. D'abord, elle pense à un dessin d'enfant, parce que les lettres sont découpées grossièrement dans des magazines en couleurs. Pourtant, elle ne connaît pas d'enfant. Un petit-neveu d'Henriette, peut-être ? Elle essaie de rassembler ses souvenirs, mais sa tête éclate en mille morceaux. Lorsqu'elle parvient enfin à se maîtriser et à comprendre le sens du mot que les lettres ont formé, le cœur de Catherine Salernes s'emballe. Devant ses yeux brouillés, le mot *salope* danse la sarabande. L'enveloppe est sale et chiffonnée. Elle jette la feuille dans la corbeille, profondément humiliée. Pour Catherine, ce mot est la pire des insultes. En même temps, elle a peur. Qui peut lui avoir envoyé ce torchon ? Et surtout, qui peut savoir, à part eux-mêmes ? Elle pense immédiatement à Jean, mais elle ne l'imagine pas un instant écrire une lettre anonyme, surtout aussi vulgaire ! Elle reprend le papier froissé dans la corbeille, le plie nerveusement et le glisse dans la poche de sa veste. Son visage semble impassible, mais le mot *salope* vient de l'atteindre au plus profond de sa morale chrétienne.

Une salope, c'est une putain, une fille perdue, une grue comme a dit bonne-maman… C'est vrai que maintenant, elle aime ça ! Pourtant, elle ne se fait pas payer pour ce qu'elle fait ! Elle pense au chèque de loyer qu'Olivier lui donne maladroitement tous les premiers du mois et elle rougit. Avoir un amant, après tout, ce n'est pas si fréquent ! Elle est peut-être la seule à en avoir… La seule de son quartier, la seule de son milieu. Mais de quel milieu est-elle ? Bonne-maman lui a si souvent répété que Jean avait dû se baisser, pour la ramasser dans le ruisseau, qu'elle avait fini par y croire, à sa basse extraction… *Chassez le naturel, il revient au galop…* Et si cette phrase, si souvent entendue dans la bouche de bonne-maman, prenait maintenant tout son sens ? Les salopes prennent leur lit dans un ruisseau… Comme les rivières… Catherine a froid. Elle a un goût métallique dans la bouche. Ses mains sont glacées. Elle est terriblement choquée.

En voyant Olivier à treize heures, elle ne dit rien. Simplement, elle est ailleurs. Ils font l'amour brièvement et, pour la première fois depuis qu'ils se sont rencontrés, Olivier sent comme une absence à ses côtés. Elle semble tout à coup si loin de lui… En aurait-elle assez de le voir ? Son cœur se serre à cette idée, car il s'est attaché à Catherine. Plus qu'il ne l'aurait voulu, plus qu'il ne l'aurait pensé. Cette femme est plus douce et plus aimante qu'aucune fille qu'il a connue. Elle l'émeut toujours autant qu'au premier jour, et elle l'excite de plus en plus. En fait, il ne peut plus se passer d'elle… Il la regarde douloureusement et décide de faire comme si de rien n'était.

« On va faire un tour ? Regardez comme le temps est magnifique ! J'étouffe, ici !

— Je n'ai pas envie.

— De quoi avez-vous envie, ma petite bourgeoise ?

— De rien. De rester au lit.

— Pourtant, vous n'avez pas semblé apprécier mes caresses, aujourd'hui…

— Je crois que je vais partir…

— Déjà ? Qu'avez-vous ? Je vous ennuie déjà ? » Le ton d'Olivier est devenu agressif.

« Vous ne m'ennuyez pas, mais c'est assez pour aujourd'hui.

— Qu'est-ce qui est assez ? Votre plaisir ? Et moi, vous y pensez ?

— Ne faites pas l'enfant !

— Et vous, ne vous avisez pas de jouer à la mère !

— Je ne joue pas à la mère, j'aurais pu être votre mère !

— Je n'ai jamais écarté les jambes de ma mère pour y poser mes lèvres, Catherine… Et vous n'avez jamais pris, je pense, le sexe de votre fils tendrement dans votre bouche… »

La gifle partit si rapidement qu'Olivier n'eut pas le temps d'arrêter le geste de Catherine.

« Vous devenez folle, lui dit-il simplement.

— Pensez-vous que je suis une salope ?

— Et vous, le pensez-vous ? »

Les yeux de Catherine s'emplissent de larmes. Elle se rhabille en vitesse, prend son sac posé par terre et part en claquant la porte. C'est la première fois qu'elle quitte Olivier sans un regard. Elle a osé le gifler. Voudra-t-il encore d'elle ? Il est trop tard pour revenir en arrière. Il lui manque déjà. Les larmes de Catherine coulent, salées, sur ses joues. Parfois, elles se posent aux commissures de ses lèvres et Catherine les arrête avec le bout de sa langue. Elle n'a pas conscience qu'elle marche dans la rue en pleurant, elle ne cesse de se poser la même lancinante question : Qu'est-ce qu'une salope ?

À six heures, il arrive avec un énorme bouquet de roses rouges. Catherine est seule dans la boutique. Il lui chuchote « Je vous aime » à l'oreille. Il est tellement beau. C'est si romantique de recevoir un bouquet de roses rouges. Elle ferme la boutique à clef et retourne la pancarte « Ouvert ». Olivier est allé dans l'arrière-boutique. Elle le rejoint et tire les rideaux qui séparent les deux pièces.

« Vous êtes fou d'être venu ici...

— Avec un bouquet de roses rouges...

— Et de n'être pas reparti aussitôt...

— C'est une déclaration... Qui veut dire : Je vous aime... À la folie...

— Pardon. Pardon pour tout à l'heure. Je vous aime aussi... Que faites-vous ? Vous êtes fou ?

— Asseyez-vous sur la table... Chut ! Ne dites rien ! Vous n'avez même pas de collant... Vous n'avez qu'à soulever votre jupe... Chut ! Sentez comme c'est bon d'être nue sur la table de votre arrière-boutique.

— Vous me faites faire des folies... C'est si bon... Je vous aime. »

Catherine est maintenant à terre. Ses jambes enserrent les épaules d'Olivier. De cette façon, il entre plus profondément encore dans son corps. À chaque nouveau coup de reins, il se perd un peu plus et sent qu'il la possède infiniment. Elle s'ouvre de plus en plus, haletant de plaisir et poussant des petits cris. Il sait qu'elle est excitée d'être comme ça, par terre, dans son arrière-boutique. Il sent son sexe grandir encore dans un sursaut de plaisir, il sent la peau de ses bourses se durcir un peu plus à mesure qu'il s'enfonce, gagnant à chaque fois quelques millimètres de pénétration. Il n'est plus qu'un sexe tendu en avant, qui fend ce ventre comme un navire fend la mer. Il sent qu'il va éclater d'une jouissance surhumaine, son plaisir est insupportable, il explose au fond d'elle, répandant son sperme tel un volcan sa lave, par secousses violentes et calmes à la fois. Il est vidé. Il l'aime de toute son âme, il l'aime de tout son corps. Elle est si belle à terre, les jambes encore ouvertes et le visage hagard. Sa semence s'écoule sur la moquette grise, goutte à goutte.

Le deuxième message est arrivé le lendemain. Dans une enveloppe sans timbre. Les mêmes lettres découpées dans des magazines ont formé la phrase suivante : *Saint-Jean ne te suffit plus ?*

Catherine est bouleversée. Plus encore que la veille. La veille, c'était surréaliste. Aujourd'hui, c'est précis. C'est le début d'un harcèlement qui se dessine, impitoyablement. Catherine a immédiatement compris le sens de ce nouveau message. Le studio est rue Saint-Jean-Baptiste-de-la-Salle. Or, hier, ils ont refait l'amour dans son arrière-boutique. C'est terrible, c'est comme une caméra qui pénètre son intimité. Elle a honte. Il n'y a que les salopes qui font l'amour par terre, sur un bout de moquette, dans une arrière-boutique. Elle regarde la rue. Tout est calme. Et pourtant, quelqu'un la surveille. Mais qui ? Qui peut la surveiller ainsi ? Elle laisse un message désordonné sur le répondeur d'Olivier, lui disant qu'elle n'en peut plus, que quelqu'un est au courant et qu'elle est en danger. Sa voix est essoufflée. Sa voix est affolée.

Dès qu'elle arrive, il la rassure. Il la prend dans ses bras et la laisse sangloter. Il sent sa panique. Il a décidé d'être calme, mais il est perplexe. C'est possible que des gens, des voisins notamment, aient remarqué leur histoire. Après tout, un quartier, ce n'est pas très différent d'une petite ville de province. Mais de là à envoyer des lettres anonymes ! C'est sordide, c'est glauque, c'est pitoyable, c'est inquiétant ! En plus, se demande Olivier, ça intéresse qui, une histoire d'adultère ? C'est tellement banal !

« Remarquez, mon amour, ce ne sont pas des lettres de menaces… » C'est la seule chose qu'il trouve à dire pour minimiser les faits.

« Quelle différence ? Quelqu'un entre dans notre… dans ma vie privée, une personne que je ne connais pas… Et qui sait tout de moi… C'est monstrueux. » Catherine ne cesse de pleurer. Olivier la sent proche de l'hystérie, il essaie de l'apaiser.

« Êtes-vous sûre de ne pas le connaître ? Votre mari, peut-être ?

— Mon mari ! Vous êtes fou ! Mon mari ne sait rien… Du reste, j'y ai pensé, il ne m'aurait jamais envoyé des lettres aussi affreuses… »

Et si maman nous quittait ? Elle a l'air tellement heureuse avec lui ! Je ne lui ai jamais vu ce regard, je crois que c'est ça être amoureuse ! Elle a cette lueur dans les yeux qu'ont certaines filles à la fac, lorsqu'elles rejoignent leur petit ami. Moi, ça ne m'arrivera jamais, je ne comprends même pas ce qu'un homme peut apporter à une femme... à part ça, justement ! Bonne-maman a raison, c'est une grue ! De toute façon, il n'y a qu'elle qui compte ! Toujours elle, ses fringues et son corps... Et maintenant ce minet qui a presque l'âge de Thomas... C'est pas une mère que j'ai, c'est une salope ! De longues larmes coulent sur les joues de Virginie. De temps à autre, elle les écrase, lorsqu'elles viennent lui chatouiller les lèvres. Elle est assise sur son lit, les genoux repliés sous sa poitrine, et elle écrit. Elle tient un journal depuis trois ans, depuis qu'elle a découvert Freud, en classe de première. Elle s'est dit que cela l'aiderait, à défaut de voir un psychanalyste, puisqu'elle n'a pas encore les moyens. Elle sait qu'elle ne pourra faire cette démarche que plus tard, parce que chez les Salernes, la psychanalyse, c'est bon pour les fous, c'est la honte suprême ! Si elle avait vraiment voulu, elle aurait pu demander à sa mère ! Mais demander quoi ? L'aide et la tendresse qu'elle n'a jamais manifestées ou du fric pour mieux cracher sur les Salernes et raconter à un voyeur inconnu l'innommable et le sordide de sa vie ? Autant coucher ça sur un bout de papier, au moins ça ne privera pas maman d'une robe !

Virginie se sent incapable d'affronter cette nouvelle épreuve. Elle a déjà du mal à vivre son quotidien. Et maintenant de nouvelles images viennent se superposer à celles, anciennes et lancinantes, de son tourment : ce sont des gros plans de sa mère nue devant un jeune homme. Et c'est insupportable.

Ce soir, Catherine ne s'est pas changée comme elle le fait d'habitude en rentrant chez elle. Elle regarde la télévision d'un œil distrait et guette l'arrivée de Jean. Il arrive à vingt heures, comme de coutume, et semble étonné de la trouver assise sur le canapé du petit salon.

« Que fais-tu là ? Tu es déjà rentrée ? »

Il a l'air agacé de la trouver devant lui. Il aime bien avoir sa demi-heure pour décompresser avant le dîner familial.

« Que veux-tu dire ? Je suis toujours rentrée à cette heure !

— Tu ne te changes donc pas ?

— Et pourquoi me changerais-je ? Je ne te plais pas comme ça ?

— Parce que normalement tu te changes en rentrant ! C'est tout ! Mais il est vrai que tu modifies tes habitudes en ce moment... » Ça lui a échappé. Pourtant, il avait décidé de laisser faire.

« Que veux-tu dire par là ? » La voix de Catherine s'est faite plus aiguë, dévoilant toute son inquiétude et sa nervosité.

« Veux-tu vraiment que nous en parlions ? »

Jean est certain que Catherine en restera là, soucieuse par-dessus tout de sa tranquillité !

« Tout à fait, je ne vois pas en quoi mes habitudes auraient changé ! »

Elle le provoque et c'est nouveau... Mais que cherche-t-elle au juste ? Saurait-elle quelque chose ?

« Catherine, tu m'agaces, je n'ai pas envie de parler.

— Comme toujours ! »

Jean Salernes ne relève pas et change de chaîne. Les battements de son cœur se sont accélérés. Le visage de Patrick Poivre d'Arvor apparaît sur l'écran. Cela l'apaise. Le présentateur est une partie si intégrante de son quotidien qu'il est comme son propre reflet dans le miroir du soir. Il l'aide à se refaire un visage avant de revêtir le masque quotidien de l'ennui de sa vie. Il fait mine de se concentrer sur les informations. Surtout, ne pas donner prise... Il n'a jamais eu de querelle avec Catherine. Il ne veut pas commencer. Surtout pas maintenant. Encore moins maintenant. Enfin, elle se lève et s'en va. Jean pousse un soupir de soulagement et défait légèrement le nœud de sa cravate.

Au dîner, Catherine les regarde tour à tour. Bonne-maman est là. Christian aussi. Le frère de Jean a toujours fait partie des meubles, et Catherine ne l'a jamais aimé. Mais comment aurait-elle pu se plaindre de son omniprésence ? À vrai dire, elle n'a rien de particulier à lui reprocher. Il a juste un je-ne-sais-quoi qui la dérange. Avec sa voix mielleuse et son regard en coin, Catherine ne saurait dire qui, de Christian ou de bonne-maman, est le plus pernicieux ? En les regardant plus longuement ce soir, Catherine se demande si l'un d'entre eux sait. Se pourrait-il qu'elle ait devant elle l'auteur de ces deux lettres ? Impossible, car ils l'auraient déjà bafouée et bannie. Là, chacun est égal à lui-même. Ils sont comme d'habitude. Transparents et ennuyeux.

Est-ce qu'elle est une salope ? Et d'abord, qu'est-ce qu'une salope ? Elle pense à ses cuisses posées sur les épaules d'Olivier, à genoux devant elle, elle pense à ses fesses nues sur la table cirée de son arrière-boutique, elle pense à la langue d'Olivier explorant l'intimité de son sexe. Elle se dit que ce doit être cela, une salope. Elle se demande combien il y a de salopes sur terre. Elle pense à toutes les femmes qu'elle connaît et ne reconnaît pas une seule salope parmi elles. À part elle-même. Elle songe que peut-être elle devrait se confesser et puis pense au curé. Elle voit le sexe d'Olivier dressé et dur comme un bâton soulever d'un mouvement la soutane du curé. Elle rit. Elle n'en peut plus de rire. À table, ils se sont tus. Ils la regardent, l'air ahuri. Elle se dit qu'ils ne peuvent pas avoir la plus petite idée ce qu'elle a dans la tête. Elle se voit écarter les jambes sans culotte devant Jean et la tête qu'il ferait... Elle imagine le curé de bonne-maman bander sous sa soutane, elle rit de plus en plus, elle se dit que si c'est cela être une salope, alors c'est vraiment bien, elle se dit que les Salernes ont vraiment une tête de nœud (c'est Olivier qui lui a appris ce mot). Les Salernes, mais pas ses enfants qui lui font de la peine subitement. Elle a l'impression que son rire enfle, elle voit le rictus de bonne-maman et elle pense au diable. Elle se dit que celui qui a écrit ces lettres anonymes peut un jour parler à sa famille, que ce serait un désastre, car elle serait alors toute seule, abandonnée. Elle se dit qu'elle aime Olivier à la folie, mais qu'un jour sa bouche en embrassera une autre. Son rire de plus en plus strident se transforme bientôt en un sanglot enfantin, épuisé, affolé. Il résonne dans le silence de la salle à manger et vient s'éteindre sur l'épaule de Thomas qui s'est levé, secondé par Henriette qui l'emmène dans sa chambre. Au loin, elle entend le bruit des fourchettes et des couteaux qui ont repris leur rythme. Le cristal tinte à nouveau, monotone. Elle croit entendre le bruit du pain qui s'étouffe, humide et mat, dans les bouches fermées. Elle ferme les yeux. Jamais elle ne supporterait que sa famille sache ce qu'elle fait tous les jours. Elle mourrait plutôt que d'assumer la honte et le déshonneur dans la pauvreté et la solitude.

Je crois bien que Madame est à nouveau malade. Comme il y a sept ans ! Comme avant la boutique ! Je l'ai dit à Monsieur, après que bonne-maman est descendue chez elle avec M. Christian. Il m'a répondu que ça ne pouvait pas être une rechute. Que c'était passager, que ça allait passer.

« Dites-lui de se reposer le lundi ! Elle se dépense bien trop ! »

Je ne sais pas pourquoi il m'a parlé du lundi. Du coup, j'étais gênée et j'ai changé de sujet. De toutes les façons, il ne s'occupera pas de Madame ! Il n'y en a qu'une, dans cette maison, qui soit capable de s'en occuper, c'est moi ! Je ne la laisserai pas risquer de mourir comme la dernière fois ! Ça, non !.... Je me demande si Monsieur soupçonne quelque chose à propos de Madame et du lundi ? Du lundi, du jeudi soir et du reste d'ailleurs... Quoique je préfère ne pas savoir ! Je fais comme la famille Salernes, moi aussi, c'est bien plus pratique ! Madame a pleuré toute la nuit. Je suis restée à côté d'elle. J'ai dormi sur la méridienne. Ce matin, elle est quand même partie travailler. Elle avait le visage tout défait, la pauvrette ! Ça m'a fait mal au cœur, j'espère que c'est pas parce qu'elle a rompu ! Elle qui semblait si heureuse, ces derniers temps ! Elle ne mérite pas qu'on lui fasse du mal ! Alors, pour une fois, qu'on lui laisse son bonheur !

J'ai honte pour elle ! Elle avait l'air d'une folle ! Pourtant, je sais que je devrais avoir pitié d'elle ! Mais je ne supporte pas qu'elle se donne en spectacle, comme ça, surtout devant lui ! Il prend un air innocent, mais on dirait que ça lui fait plaisir, de voir maman dans cet état ! Si j'habitais dans le studio, je ne serais pas obligée de supporter sa vue. Pourtant, j'aurais peur qu'il en profite pour venir à l'improviste. C'est pour ça que je reste ici. Au moins, je ne suis pas seule. Si maman rechutait, je n'aurais personne pour l'empêcher de recommencer. Il ne faut surtout pas que maman soit malade.

Elle n'a que ce qu'elle mérite, c'est une femme perdue, une catin, pense Xavier Bizot avec satisfaction lorsqu'il aperçoit Mme Salernes entrer dans l'agence d'un pas mal assuré. Il détecte une première déchirure dans son voile d'orgueil. Cela le réjouit. Il se cale dans son fauteuil, l'air suffisant. Il constate qu'elle n'a pas ôté ses lunettes de soleil. Aurait-elle pleuré ? Son teint n'est plus de porcelaine… Il lui dit à peine bonjour, pour manifester sa désapprobation. Mais comme d'habitude, elle le remarque à peine. Il ne supporte plus ce dédain de déesse offensée. Quand on vient de se faire enfourner pendant deux heures comme une putain, on regarde son banquier, fût-il un petit caissier ! C'est la moindre des choses.

Catherine Salernes n'a trouvé aucune lettre anonyme au courrier de ce matin. Elle ne sait pas si elle doit s'en réjouir ou au contraire s'en inquiéter. Elle pose un regard inquisiteur sur chaque cliente qui entre, chaque passant qui contemple sa vitrine, chaque commerçant qui se tient sur le pas de sa porte. La fille du traiteur asiatique fait un signe de la main à l'employé du magasin de photo, sur le trottoir d'en face. Se pourrait-il que ce soit elle ? Par jalousie, parce qu'elle est amoureuse d'Olivier ! Elle n'y avait pas pensé, mais il va peut-être tous les soirs chez le traiteur chinois ! Et si c'était le boucher, qui peint sa promotion du jour en lettres blanches sur la vitrine de son magasin ? Ce serait une sorte de vengeance, parce qu'elle n'achète pas sa viande chez lui ! Et la concierge ! C'est elle la mieux placée pour connaître leur histoire... Et c'est la seule qui connaisse Jean ! Catherine se réfugie dans l'encoignure du magasin, comme si elle craignait une agression de l'un ou de l'autre. Elle se sent si faible. À treize heures, elle est sur le palier du studio. Elle attend Olivier sur les marches. Elle a bien un double des clefs de l'appartement dans son sac, mais elle n'a jamais osé s'en servir. D'ailleurs, Olivier n'est même pas au courant. Elle pense à sa crise d'hier soir, au dîner. Elle est un peu gênée maintenant... Elle est si fatiguée. Elle aimerait tant avoir rêvé ces deux lettres, mais elle sait qu'il n'en est rien.

Il monte l'escalier, un paquet à la main. Il l'embrasse dans le cou et la fait entrer.

« Je vous ai fait attendre ! » Il est tout essoufflé... « J'ai pensé que vous ne voudriez pas sortir, j'ai acheté des macarons... Je vous prépare un thé ?

— Je vous aime !

— Moi aussi, je vous aime !

— M'aimerez-vous toujours ? »

C'est la première fois que Catherine lui pose cette question. Il est embarrassé.

« Toujours ? Quelle drôle de question ! Sait-on vraiment si on aimera toujours quelqu'un ?

— Ce n'est pas une réponse ! Si j'avais votre âge, vous m'auriez dit toujours !

— Eh bien ! Ce n'est pas une question ! Cessez de vous tourmenter avec l'âge ! Je vous aime, vous êtes belle et tendre et affectueuse. Vous avez un corps de déesse, vous me faites jouir comme aucune femme, jamais, ne m'a fait jouir... Que demander de plus ? Vivez l'instant présent !

— Vous avez raison, mais c'est bien plus facile de vivre au présent à trente ans qu'à quarante-cinq...

— Vous dites ça parce que vous êtes inquiète, avec ces histoires de lettres. Vous savez, j'ai réfléchi. Que voulez-vous qu'il fasse ? Je veux dire, de plus que ces messages... Du chantage ? Eh bien, vous ne vous laisserez pas faire ! Et même si votre mari l'apprend, ce ne serait que justice ! Rendez-vous compte ! Il vous a délaissée pendant autant d'années ! Il faut être fou ! Il n'a que ce qu'il mérite ! Et encore, vous auriez dû prendre un amant depuis longtemps déjà !

— Vous dites n'importe quoi ! Vous êtes impulsif comme sait l'être un jeune homme... C'est d'ailleurs ce qui me plaît en vous. Mais vous ne pouvez pas comprendre ce que serait ma vie si Jean me répudiait.

— Répudier ! Quel mot ! On dirait du Racine ! Vivez avec votre temps, Catherine ! Vous n'êtes pas sans ressources, vous avez un travail, vous êtes intelligente !

— Vous ne connaissez pas mon milieu. Ils sont impitoyables. Une femme adultère, c'est ce qu'il y a de pire pour ces gens. Et je n'ai même pas d'avenir avec vous !

— Qu'en savez-vous ? Nous pouvons vivre au moins dix ans encore de ce bonheur caché !

— Dix ans ! Que serai-je dans dix ans ? Une vieille femme usée... Et vous, encore un jeune amant... Mais qui ne sera plus le mien ! »

Lorsque Catherine s'en va, ce vendredi, Olivier est triste. Il sait qu'elle est ébranlée et choquée par ces accusations. Et qui ne le serait pas, cela ressemble à un viol, c'est monstrueux ! Une bouffée de rage le saisit à l'idée de cet homme qui est en train de gâcher leur bonheur. Comme ça ! Pour rien. Par méchanceté. Il donne un grand coup de pied dans le fauteuil. S'il l'avait maintenant devant lui, il l'étranglerait volontiers !

La troisième lettre est différente des deux premières. Elle est arrivée le lundi. Catherine a voulu passer au magasin prendre son courrier, avant d'aller rejoindre Olivier qui est encore au lit. Il est à peine neuf heures. Le texte est tapé à l'ordinateur. Le papier est blanc, soigneusement plié, c'est encore plus terrifiant qu'un vieux chiffon froissé. Les yeux brouillés de larmes d'effroi, Catherine lit pour la dixième fois le contenu de ce message. On dirait un faire-part de décès, les mots se cognent entre eux comme s'ils cherchaient à s'envoler de la feuille : *Ce soir, dix-huit heures, Hôtel de la Place. 20, rue Berthe, 75018. Chambre 22. C'est le prix du silence.*

C'est une convocation. En bonne et due forme. Une sorte de rendez-vous, une citation à paraître, une assignation, un commandement auquel elle ne pourra pas se soustraire, quelle que soit la peur qui l'étreint jusqu'à l'étouffer. Elle tient encore dans ses mains le sachet de croissants chauds qu'elle apporte tous les lundis matin. Elle garde le paquet tellement serré entre ses doigts nerveux que les croissants écrasés ont graissé le papier. Sa tête résonne du vide qui la saisit. Son ventre émet un gargouillis profond, elle hésite à aller aux toilettes, mais elle se dit qu'elle n'a pas le temps.

Pour la première fois, Catherine Salernes n'ira pas rejoindre son amant nu qui l'attend, impatient de caresser son corps. Elle laisse sa voiture garée rue Pierre-Leroux et prend un taxi pour rentrer chez elle. Elle est atrocement gênée des odeurs nauséabondes qui se dégagent de son corps, puis elle se dit qu'après tout, elle ne reverra jamais ce taxi. Le chauffeur la regarde, l'air étonné, dans le rétroviseur, et ouvre sa fenêtre. Il se dit qu'elle n'a pas un look à péter, mais après tout, le mot pétasse doit bien trouver son origine quelque part ! Il rit intérieurement de son bon jeu de mots et dépose, imperturbable, sa cliente devant le 42 *bis*, rue de Tocqueville.

Lorsque Catherine pénètre dans l'appartement, Henriette est à la cuisine. Virginie est avec elle car un de ses professeurs est malade. Elles se regardent étonnées, l'une et l'autre se demandant qui peut bien revenir à cette heure matinale. Elles voient au même instant Catherine tituber et s'effondrer par terre. Virginie court pour secourir sa mère, pendant qu'Henriette prépare un linge mouillé. D'une main, Catherine tient le sac de croissants écrasés. Dans sa chute, elle lâche la feuille qu'elle tenait dans l'autre main. La lettre tombe doucement sur le parquet ciré, juste devant les deux femmes qui, agenouillées, lui prodiguent des paroles de réconfort.

Le texte est sous leurs yeux. Le voient-elles ? Elles relèvent Catherine avec précaution et l'emmènent dans sa chambre. Virginie a ramassé la feuille et la pose sans un mot sur le pouf devant la coiffeuse, tandis qu'Henriette ferme les rideaux de la chambre en secouant sa tête de gauche et de droite. Virginie caresse la joue de sa mère qui est allongée sur le lit et essuie ses larmes du revers de la main. Elles s'en vont, silencieuses, fermant doucement la porte et laissant Catherine seule avec sa peur et sa conscience, dans sa belle chambre obscure aux tentures de satin rayé. Lorsque les pas derrière la porte se sont éloignés, Catherine se lève pour se précipiter aux toilettes. Elle se laisse enfin aller. C'est comme un réconfort dans l'horreur de cette journée. Elle fait durer ce moment, car elle sait qu'il ne lui reste que quelques heures pour décider de son avenir.

Dans le taxi qui l'emmène vers le quartier des Abbesses, Catherine est déterminée à régler son problème, seule, avec celui qu'elle nomme déjà le maître chanteur. Dans son sac, elle a vingt mille francs en billets de deux cents francs. Sa cagnotte personnelle. Elle n'a aucune idée de la somme qu'il va lui soutirer et se demande quel montant peut le motiver au point de gâcher la vie d'une famille. En ce qui la concerne, elle est prête à donner cent fois plus pour préserver sa place chez les Salernes et sauver son honneur. Tout l'après-midi, les masques grimaçants de Jean et de bonne-maman sont venus la hanter. Ils hurlaient d'indignation et proféraient les pires menaces. Elle a imaginé le joli minois de Virginie en larmes. Elle a pressenti l'amertume et la déception que les yeux de Thomas ne pourraient pas cacher en découvrant sa mère dans les bras d'un amant guère plus âgé que lui. Mais surtout, elle s'est vue arrachée, éloignée d'Olivier et de sa gentillesse. Elle a imaginé son corps à jamais privé des caresses délicieuses d'un amant adoré. Elle s'est sentie plus seule encore qu'elle ne l'avait jamais été. Elle s'est dit qu'elle ne pourrait pas survivre à cette atrocité. C'est pourquoi elle est maintenant dans ce taxi, presque calme, son petit sac serré sur sa poitrine. Tant de choses ont bouleversé sa vie ces derniers mois, qu'elle n'est plus à ça près.

L'*Hôtel de la Place* se trouve dans une petite rue paisible de Montmartre. À la réception, elle demande d'une voix posée la chambre 22. Une femme d'une trentaine d'années lui indique le chemin. « Vous êtes attendue ! » ajoute-t-elle avec un petit sourire complice. Qu'est-ce qu'une salope ? pense à nouveau Catherine en montant lourdement les marches de l'escalier. Elle est folle d'être venue ici, c'est peut-être un piège, elle va découvrir Jean en entrant dans cette chambre, un couteau à la main, prêt à la poignarder ! Puis elle l'imagine, nu et le sexe dressé, la prenant comme une putain et lui glissant entre les seins deux billets de 500 francs, pliés en quatre, en guise de récompense. Elle s'est arrêtée sur le palier du premier étage, et elle rit, un rire irrépressible, dévoilant derrière son crescendo le bémol funeste de la honte, de la peur et de la folie.

Elle tourne la poignée de porcelaine blanche de la chambre 22 et pénètre dans la pièce. Ses mains sont moites, elle a encore mal au ventre. Elle s'attend à trouver l'homme devant elle, mais la chambre est vide. Le dos collé à la porte qu'elle vient de refermer, ses yeux s'habituent peu à peu à la lumière vive de la pièce. Les fleurs du vieux papier mural se dédoublent et se rejoignent comme les ombres découpées des plaques de l'ophtalmologiste. Le linoléum gris tacheté de blanc est un peu gondolé, surtout vers la fenêtre aux rideaux de dentelle. Face au lit en contreplaqué, un grand miroir rectangulaire encastré dans le mur lui renvoie son image. Elle semble toute petite, recroquevillée dans sa peur. À l'angle gauche, derrière un petit paravent, Catherine distingue le lavabo et le bidet. Elle s'imagine à nouveau être une putain et faire un bain de siège avant sa prochaine passe. Le carrelage autour du lavabo est rose. Le tissu du paravent, à petites fleurs roses et bleues, est assorti au couvre-lit. Tout est propre et calme. Elle reste sans bouger. Les battements de son cœur se sont enfin ralentis. Elle s'apprête à s'asseoir lorsqu'elle aperçoit, sur le bord du lit, une feuille de papier blanc. Contre toute attente, ce n'est pas de l'argent qu'il lui demande, mais qu'elle se déshabille. Catherine ne comprend pas. Elle est désorientée. Elle a peur. Va-t-il venir et lui faire mal ? Qui est-il ? Où est-il ?

Elle attend, assise sur le lit, sanglotant d'angoisse et de honte d'être là. Elle ne sait ni quoi faire ni jusqu'où elle est prête à s'abaisser pour sauver ce qu'il lui reste encore à sauver. À sept heures enfin, elle enlève ses chaussures et, pleurant à chaudes larmes, finit par retirer son pull... Puis son pantalon. Elle est en culotte et en soutien-gorge. Elle a froid. Elle a peur. Elle se dit qu'elle est tombée tout au fond de l'abîme, que c'est la punition de Dieu qui fait d'elle une putain à moitié nue dans une minable chambre d'hôtel. Elle entend alors des pas dans le couloir et se précipite vers la porte pour la fermer à clef. Était-ce lui qui allait entrer ? Voulait-il la violer ou la prendre en photo ? Elle tremble. À huit heures, exténuée, elle se couche en boule sur le lit, le visage barbouillé par des traînées de morve qui, en séchant, se sont mêlées à ses larmes salées. À huit heures trente, ne sachant plus quoi faire, elle quitte enfin ce lieu sordide, tout en se demandant ce qu'elle n'a pas compris de cette obscure charade, ni peut-être su exécuter au cours de ce rendez-vous manqué avec son maître chanteur.

Lorsqu'elle arrive sur le palier de son appartement, cherchant fébrilement ses clefs dans son sac encore gonflé par les billets de banque, Henriette lui ouvre doucement la porte, comme si elle la guettait, voulant ainsi lui assurer une entrée discrète. Elle l'emmène jusque dans son lit et l'aide à se déshabiller. Elle lui porte un plateau, mais Catherine n'a pas faim. Au loin, elle entend les voix de Jean et de son beau-frère Christian. Ils sont en train de dîner. Comme si de rien n'était. L'odeur du pot-au-feu lui soulève le cœur. Elle se revoit presque nue sur le couvre-lit fleuri de cet hôtel des Abbesses, elle se cache les yeux pour effacer l'image.

Catherine restera prostrée dans sa chambre, refusant de manger, de parler et dormant à peine. Elle n'ouvrira pas non plus sa boutique, n'ayant même plus la force de rejoindre son amant. L'atmosphère rue de Tocqueville est lourde comme pour la veillée d'un malade que la mort tarderait à capturer. Pendant trois longs jours, Jean et les enfants entrent et sortent à tour de rôle de cette chambre à l'odeur aigre de renfermé, ne réussissant ni les uns ni les autres à capter un peu de l'intérêt qu'ils quémandent de Catherine. Ils semblent tous chercher, orphelins en puissance, une sorte de réconfort qui ne vient pas, comme s'ils avaient chacun, en un secret jardin, quelque chose à se faire pardonner ou une bénédiction à recevoir enfin.

Olivier est fou d'angoisse. Il a attendu Catherine toute la matinée de lundi, désorienté par son absence. Lorsque ses messages sur le répondeur du magasin sont restés sans réponse, il n'a pu s'empêcher de penser qu'elle lui en voulait. Lorsqu'il voit la boutique fermée mardi, puis mercredi, son inquiétude s'accentue. Il mesure son impuissance, se rendant compte avec amertume qu'il est un amant qu'on cache, comme le font les hommes mariés avec leur maîtresse. Il pense immédiatement au maître chanteur. Lui aurait-il fait du mal ? Serait-elle malade ? Enfin, ne supportant plus l'incertitude, il appelle chez elle. Son cœur bat à tout rompre, il craint de trop s'immiscer dans sa vie, alors qu'elle veut préserver sa famille à tout prix. Il espère que Catherine répondra elle-même et décide de raccrocher immédiatement si ce n'est pas le cas. Mais il s'est trahi : une voix à l'autre bout du fil semble l'avoir reconnu. Qui d'autre que l'amant de Catherine resterait silencieux ?

« C'est vous qui faites souffrir ma mère ? » La voix est ferme et volontaire.

« Non ! » Olivier a décidé de ne pas raccrocher. Il est trop tard, de toutes les façons. « Comment va-t-elle ?

— Très mal...

— Est-ce que je peux lui parler ?.... S'il vous plaît... »

Olivier devine qu'on pose le combiné sur le meuble. Il entend des pas qui s'éloignent, puis plus rien. Enfin, après un moment qui lui semble interminable, elle décroche le combiné ailleurs dans la maison et il entend sa voix, si faible, comme un murmure soufflé.

« Mon amour, enfin ! Pardon de vous appeler chez vous... J'étais si inquiet...

— Je veux vous voir ! » Catherine pleure comme une petite fille. L'aurait-on séquestrée ? Aurait-elle parlé de lui ?

« Voulez-vous que je vienne ? Votre mari vous a fait du mal ?

— Non, pas lui... L'autre... Je dois vous raconter... C'est trop lourd... Il faut que vous m'aidiez.

— Quand pouvons-nous nous voir ? Et où ?

— Je vais venir chez vous. Attendez-moi.

— Je vous attends. Je n'irai pas travailler. Catherine ! Je vous aime.

— Chut ! Moi aussi. »

Xavier Bizot est satisfait. Il a eu sa première vengeance. Et sa première jouissance. Que c'était bon de la voir ainsi, apeurée, humiliée, attendant comme une pute un châtiment mérité. Il a failli tout faire rater l'espace d'un instant, car si elle n'avait pas fermé sa porte à clef, il l'aurait violée. Non pas que ça le gêne, mais il ne veut pas qu'elle le reconnaisse. Pas encore. La prochaine fois, il pensera à porter une cagoule. Pour l'heure, il n'a rien d'autre à faire qu'à attendre qu'elle se remette de ses émotions.

C'est moi qui ai emmené Madame chez son amant. De toutes les façons, je ferais n'importe quoi pour elle, alors... ça ou autre chose ! Mais c'est les enfants qui me l'ont demandé. Enfin, Thomas, pour être plus précise. Virginie était à côté de lui. Il m'a dit : « Henriette, accompagne maman, elle est trop fatiguée pour y aller seule. » Je l'ai regardé, étonnée, pour voir si on se comprenait bien, mais il a tourné la tête. Il a ajouté, toujours sans me regarder : « Attends-la... La journée, s'il le faut. Ne t'éloigne pas. Ne t'inquiète pas... Papa n'en saura rien.

— Et le dîner ? je lui ai dit.

— Je m'en occuperai », a répondu Virginie. Elle avait son petit air renfrogné, mais elle avait l'air d'accord avec son frère.

« Il faudra bien que papa cesse de faire celui qui n'est jamais au courant de rien ! »

C'est la première fois que j'entends Thomas parler de Monsieur avec un air si dur. On dirait qu'il lui en veut.

Finalement, les enfants savent pour l'amour de Madame et c'est bien mieux ainsi. Comme ça, je ne serai pas toute seule à essayer de la sauver. D'autant que je ne sais même pas de quoi, au juste, il faudrait la sauver...

Ils ont pleuré ensemble. Elle lui a tout raconté. Ils souffrent dans le silence de la chambre et se serrent très fort dans les bras l'un de l'autre. Elle, elle souffre, parce qu'elle a honte à en mourir et très peur aussi. Pourtant, elle veut continuer à aimer Olivier tranquillement, comme avant. Lui, il souffre parce qu'il a peur. Et de ce psychopathe. Et pour sa vie à elle. Il vient de comprendre que l'équilibre de cette femme, dont la fragilité l'avait tant bouleversé dès le premier instant, ne tient qu'à un fil. Si l'on venait à tirer un peu trop fort la corde, ce fil casserait net. Et ce fil est si fin que même un magicien ne pourrait le restaurer d'un geste de la main. Il pense à Thomas et Virginie dont elle lui parle parfois, et il pense à sa mère à lui. Il ne supporterait pas qu'il puisse arriver quelque chose à sa mère. Il aime sa mère et Catherine dans un même élan. Il ne sait plus, du fils ou de l'amant, qui il est. Il se sent un enfant.

Ils ne feront pas l'amour, trop désarmés l'un et l'autre. Olivier demande à Catherine, pour la troisième fois, de lui décrire l'endroit et l'hôtel et la pièce. Et jusqu'au moindre détail, ils revivent ensemble ce cauchemar qu'à présent ils partagent. Olivier a l'impression d'avoir rejoint le corps de Catherine, là, sur le couvre-lit à fleurs roses et bleues assorti au paravent. Il a froid, et comme elle, il s'est levé d'un même élan craintif pour fermer la porte à clef, craignant qu'on ne le viole ou le prenne en photo. Devoir sous la menace se mettre nu ou presque, dans une pièce vide… n'est-ce pas encore plus humiliant que de s'exécuter devant un inconnu ?

Il sent que Catherine est mortifiée de s'être déshabillée et d'avoir attendu, la peur au ventre, un inconnu qui n'est même pas venu. Il regarde Catherine avec tendresse et compassion. Elle qui, quelques mois plus tôt, était si fière ! N'a-t-elle connu la jouissance qu'au prix d'un tel avilissement ? Ils sont comme des amants maudits. Des amants de roman ! Olivier, insidieusement, semble accepter l'opprobre. Il glisse pour l'heure dans une mélancolie dont auraient eu grâce à s'enivrer les héros romantiques. Qu'il est doux, parfois, de souffrir, lorsqu'on est deux… Catherine et Olivier s'endorment, pour la première fois, dans les bras l'un de l'autre, exténués de tristesse, avec la même intuition que leur amour ne pourra pas survivre à cette douloureuse épreuve.

En attendant sa patronne, Henriette est allée faire des courses au Bon Marché. Sa dernière visite remontait à plus de trente ans. Je ne suis pas « rive gauche », comme on dit ! Mais Dieu que ça a changé ! De mon temps, il n'y avait que les personnes âgées et les sœurs de la Charité qui y venaient faire leurs emplettes. Et puis, à la réflexion, quelques jeunes filles du lycée Victor-Duruy qui achetaient les fournitures pour leurs cours de couture et de broderie. Maintenant je suis perdue, tout a changé ! Madame m'avait bien dit que c'était comme chez Saks, sur la Cinquième ! Enfin, je répète ce qu'elle m'a dit, parce que moi, je ne connais ni Saks ni la Cinquième. Quoique ! Madame non plus ne connaît pas New York, mais elle répète souvent ce que disent les gens chic, eux-mêmes faisant pareil, avec de plus chic encore qu'eux ! Mais je m'égare ! Enfin, cette promenade au Bon Marché m'a changé les idées ! Ils ont une épicerie à côté, enfin une grande, où j'ai acheté une douceur pour Madame et les enfants. Et moi aussi, je me suis offert une douceur. Enfin, façon de parler, parce que c'est salé, c'est une fougasse aux petits lardons. Drôlement bon, je l'ai avalée d'un coup ! Faut dire, il n'y a pas tout ça chez nous. Du côté de Villiers. Après, je suis allée prendre le courrier dans la boîte aux lettres de la boutique. C'est Madame qui me l'a demandé. Et j'ai été mettre les chèques de samedi dernier au Crédit Lyonnais. C'est Madame aussi qui me l'a demandé. Elle me les a sortis de son petit coffre avant d'aller chez qui vous savez. À la banque, le caissier m'a regardée avec un drôle d'air. Puis il m'a demandé si Madame était souffrante. Non, mais ! De quoi je me mêle ?

Lorsqu'elle rentre rue de Tocqueville vers cinq heures de l'après-midi, Catherine semble un peu calmée. Henriette a laissé le courrier sur la table de la cuisine, et a porté un plateau sur le lit de Catherine. Elle passe l'heure suivante à faire un brin de ménage dans la chambre de sa maîtresse, aère la pièce et nettoie la salle de bains. Catherine aime sentir sur son visage les rayons de soleil de cette fin d'après-midi, et tout en se remémorant la gentillesse d'Olivier qui a su pendant quelques heures atténuer ses angoisses, elle consent enfin à goûter à l'assiette de jambon de Parme et à la salade verte que Virginie lui a préparées avant son retour.

En l'absence d'Henriette, Virginie et Thomas se sont proposés pour la préparation du dîner, que les charcuteries de toutes sortes ont grandement facilité. Ils sont heureux de l'amélioration du moral de leur mère. Ils se rendent dans sa chambre à tour de rôle et lorsque Virginie revient avec le plateau sur lequel les assiettes sont vides, elle arbore un sourire radieux. Thomas laisse sa sœur seule à la cuisine et, à son tour, va tenir compagnie à Catherine. Lorsqu'il revient avec Henriette, il trouve Virginie en pleurs, le visage plein de haine et de fureur rentrée.

« Qu'est-ce qu'elle a notre poupée ? lui demande Henriette. Tu n'as pas trop salé la salade, au moins ? Tu sais que ton papa n'aime pas quand on sale trop ?

— Arrête de me parler comme à une gosse ! Elle n'a rien ta poupée ! » Virginie pousse un cri strident et part en claquant la porte.

« C'est pas mon jour, aujourd'hui ! Tu sais ce qu'elle a ta sœur ? » Comme elle se tourne vers le jeune homme dans l'attente d'une réponse, le regard d'Henriette se dirige alors vers le tas de courrier posé sur la table.

« Laisse ça, lui ordonne-t-elle, l'air sévère, alors qu'il tient d'une main une enveloppe ouverte et de l'autre une feuille dont il semble lire le contenu. Ça ne te regarde pas !

— Je n'en suis pas si sûr... Tu sais ce que tu fais, Henriette ?

— Je fais mon devoir ! Va-t'en de ma cuisine ! » Le ton d'Henriette est sans appel. Son autorité a toujours prévalu sur celle, quasi inexistante, de Catherine. Thomas la regarde les yeux pleins de rancune et s'en va, le dos voûté, comme un petit garçon qu'on viendrait de punir.

J'aurais préféré être seule avec mon chagrin. Je lui ai parlé comme quand il était gamin. J'ai remis la lettre dans l'enveloppe, sans rien regarder, et j'ai glissé tout le courrier du magasin dans la poche de mon tablier. J'aurais mieux fait de la lire cette lettre, mais c'est plus fort que moi, je n'ai jamais fouillé dans les affaires de Madame. Pour moi, ce serait une faute impardonnable ! Autant je suis prête à laisser traîner mon oreille partout, autant je range toujours mes yeux dans ma poche. C'est comme ça. On ne se refait pas. Trois générations de gouvernantes au service d'une bonne maison ! Encore maintenant, cette lettre vient me hanter. Je suis inconsolable. Dieu m'est témoin, pourtant, que ça partait d'un bon sentiment !

Le lendemain matin, Catherine se jette sur son petit déjeuner. Elle est affamée. Henriette lui sourit et la couve du regard. Elle lui a pressé le jus de trois bonnes oranges et lui a grillé des scones qu'elle a achetés la veille au Bon Marché. La confiture est aux pétales de roses et aux pignons. Elle a servi le petit déjeuner de Catherine sur un plateau d'argent. Pour l'occasion, elle a sorti la théière et le sucrier assortis.

« Henriette, c'est ravissant ! Et tellement bon ! Cela fait des années que je n'ai pas mangé de scones ! Vous vous êtes souvenue que j'adore ça ?

— Vous m'en parliez toujours à votre retour de voyage de noces en Angleterre, mais je crois bien qu'on n'en a jamais acheté !

— Ah ! Ça ne me rajeunit pas tout ça ! Où sont les enfants ?

— Ils sont sortis.

— Déjà ? Mais quelle heure est-il ?

— Presque onze heures.

— Oh ! Mon Dieu ! C'est mes clientes qui vont être contentes !

— Vous n'allez tout de même pas travailler ?

— Mais si, mais si ! Regardez comme je suis en forme !

— Au fait ! Votre courrier... Je le pose sur la coiffeuse.

— Faites, faites... »

Catherine se lève et fait couler un bain chaud. Elle se dépêche pour ne pas rater l'heure de déjeuner d'Olivier. Elle a l'impression qu'il y a une éternité qu'ils n'ont pas fait l'amour. Elle se rend compte qu'elle n'a pas vu Jean depuis au moins deux jours et s'en porte très bien. Elle pense également à bonne-maman en se séchant le corps et lui fait un pied de nez dans le miroir. Elle se regarde nue et se trouve vraiment très belle. C'est vrai que j'ai un corps de déesse, se dit-elle, et il n'est rien que pour toi, mon amour ! chuchote-t-elle à voix basse. Elle enfile un boxer et un caraco en soie rose. Ainsi, il pourra caresser ses seins à travers le tissu, c'est tellement érotique ! Elle s'assoit sur le pouf de la coiffeuse et se maquille avant de s'habiller. Elle pense à Olivier qui lui reproche d'avoir trop d'habitudes. Eh bien ! aujourd'hui, elle en change !

Son regard s'est arrêté sur le paquet de lettres. Le rythme de son cœur vient de s'accélérer. Comme dans un cauchemar qui viendrait la reprendre à peine endormie, elle saisit l'enveloppe blanche. Le sang s'est retiré de son corps parfumé. Le bout de ses doigts est froid. Ses tempes lui font mal. Elle s'est recouchée. Elle se dit que si elle mourait, l'homme n'aurait plus d'emprise. Elle ne se sent plus la force de faire semblant. Elle en a assez, même de pleurer. À une heure, Olivier l'appelle. En entendant sa voix, elle sent son cœur battre à nouveau, comme une jeune amoureuse. Elle passe continuellement de l'abattement morbide à l'exaltation tumultueuse. Elle ne sait plus ce qu'elle veut, du renoncement ou de la lutte.

« Il m'a encore donné rendez-vous... Pour samedi, à la même heure. Toujours dans cet hôtel. Écoute : "... si tu ne veux pas que ton mari sache que tu es une salope, etc. *Hôtel de la Place*, etc., ce samedi dix-huit heures."

— N'y va pas, je t'en prie. C'est un fou. Il peut être dangereux. Et ça te fait trop de mal. Il faut penser à toi et à tes gosses... Et à moi aussi... » Olivier sanglote comme un enfant. « Je ne supporte pas de te voir souffrir. Promets-moi de ne pas y aller !

— Mon amour ! Vous m'avez tutoyée !

— C'est parce que tu me manques ! Et puis j'en ai assez de te vouvoyer ! Tu ne m'as pas répondu. Promets-moi de ne pas y aller !

— Je vous aime. Je ne sais pas. On verra... À bientôt ! Vous me manquez aussi.

— Quand reviendras-tu ?

— Quand j'aurai la force de me lever... Bientôt, je vous le promets. »

Catherine passe sa journée du lendemain à ranger des papiers et à classer des photos. Elle n'est pas sortie travailler, mais elle s'est habillée d'un jean et d'une chemise blanche. Le soir, elle a dîné en famille, tranquillement, comme si de rien n'était. Les enfants semblent inquiets, surtout Virginie qui lance des regards apeurés à sa mère. Pour une fois, Catherine va embrasser ses enfants dans leurs chambres avant de se retirer dans la sienne. Elle les rassure à tour de rôle, leur disant que tout va bien et qu'elle avait simplement eu une sorte de mauvais rêve.

« Tu l'aimes vraiment, maman ? lui demande Thomas, alors qu'elle s'apprête à quitter sa chambre.

— Je ne sais pas, chéri, je crois bien, oui.

— Je croyais que tu ne pouvais rien comprendre à l'amour... Je t'ai sous-estimée ! » Il sourit d'un air malheureux.

« Eh bien, tu vois ! » Catherine est mal à l'aise. Elle ne veut pas que sa relation avec Olivier soit officialisée au sein de sa famille. Elle aurait voulu qu'Olivier reste un amant caché, et rien de plus. Elle est un peu gênée. « Je te choque ? ajoute-t-elle.

— Je pense que l'amour vaut la peine d'être vécu, à n'importe quel prix, quel que soit l'être aimé...

— Ah oui ? » Catherine est étonnée. Elle ne savait pas que Thomas était si mûr.

« Et de moi, tu accepterais tout, maman ?

— Tout quoi ?

— Si j'étais amoureux... Tu accepterais la personne que j'aime, quelle qu'elle soit ?

— Bien sûr, chéri ! Pourquoi ? Tu es amoureux ?

— Peut-être bien...

— Ah ! très bien ! Tu me la présenteras, alors ? Je suis sûre qu'elle est charmante !

— Ben... C'est-à-dire...

— Allez, va ! La nuit porte conseil ! Assez discuté pour aujourd'hui ! Je suis quand même un peu fatiguée ! »

C'est toujours la même chose, pense Thomas avec amertume. Maman ne s'intéresse qu'à elle ! Je sais qu'elle nous aime, mais à sa façon. Je n'arriverai jamais à lui parler. En tout cas, il ne faut pas qu'elle rechute ! Elle n'y survivrait pas ! Ou alors, dans un asile... C'est bonne-maman qui serait contente ! Sans elle, je ne pourrais jamais affronter mes problèmes avec papa ! Plutôt tout quitter et ne plus jamais les revoir !

À onze heures, Jean pénètre dans la chambre de Catherine. Sans frapper. Il a fermé le loquet de la porte derrière lui. Il semble intimidé. Catherine est au lit, elle est en train de regarder son album de photos. Elle est surprise de le voir ainsi franchir le seuil de sa chambre à une heure si tardive. Elle est presque nue sous les draps. Depuis qu'elle connaît Olivier, elle prend plaisir à sentir le contact du lin à l'odeur de lavande contre sa peau soyeuse. Elle porte juste une chemise en oxford bleu d'Olivier. Jean s'assoit sur le bord du lit. Il sourit à Catherine. Elle se demande ce qu'il veut. Il tire les draps vers lui et caresse ses jambes. Sa main avance en haut de ses cuisses et repousse doucement les pans de sa chemise.

« Tu es nue ?

— Tu vois...

— Cela fait si longtemps...

— C'est maintenant que tu t'en aperçois ? » Catherine est sur la défensive. Elle sent les doigts de Jean passer doucement sur son sexe. Cela lui semble irréel, elle ne savait même pas que Jean était capable de caresser ainsi le sexe d'une femme.

« Tu es toute chaude... Tu aimes ça, mes caresses ?

— C'est intéressant...

— Tu m'en veux terriblement, n'est-ce pas ?

— De quoi ?

— De t'avoir négligée pendant autant d'années...

— Et de m'avoir fait croire que j'étais bien trop vieille pour avoir du plaisir ?

— Excuse-moi... Mais tu as tellement changé !

— Ce n'est pas grâce à toi, en tout cas !

— Je sais. Ne m'en parle pas ! Qu'est-ce que je peux faire pour me rattraper ?

— Caresse-moi encore. »

Catherine enlève sa chemise et écarte les jambes avec provocation, dévoilant sans pudeur ce sexe que son mari n'a presque jamais honoré. Jean se lève pour se déshabiller à son tour, mais elle le somme de continuer.

« Lèche-moi aussi », lui dit-elle. Elle a croisé les bras sur sa poitrine et attend. Il la regarde, un instant stupéfait de tant d'audace, sourit d'un air gêné, et se soumet, un peu contrit, à ses volontés. Catherine jouit. Elle se demande fugitivement ce qu'elle préfère chez Olivier, de ses caresses ou de sa personne. Car être ainsi caressée par un homme, fût-il un vieux mari, n'est pas si mal non plus. Lorsque Jean lève enfin la tête, quémandant de Catherine qu'il puisse la pénétrer, elle lui dit simplement :

« Non, Jean, tu avais vingt ans pour le faire. Maintenant, tu es trop vieux !

— Tu es cruelle.

— Je préfère ses caresses à lui... » Elle se pince les lèvres, regrettant immédiatement ce qu'elle vient de dire, car cela équivaut à un aveu ultime. Elle se couvre à nouveau avec une moue boudeuse et orgueilleuse, et reprend son album de photos. Le visage de Jean lorsqu'il quitte la chambre est imperturbable. Mais dans le regard qu'il lui adresse longuement sur le pas de la porte, une lueur méchante et vengeresse vient transpercer Catherine de regrets tardifs.

Le lendemain, Catherine Salernes est retournée travailler. Elle est partie tôt, rejoignant Olivier qui l'attend impatiemment en bas de l'escalier. Depuis hier soir, elle se sent libérée de l'étau familial. Simplement, elle ne peut pas en dire la raison à Olivier, sous peine de dévoiler les mignardises de Jean. Leur étreinte est fiévreuse, passionnée. Ils n'ont pas supporté la séparation depuis mercredi soir. Olivier est étonné par la vitalité de Catherine. Elle lui avait semblé si déprimée qu'il a pensé au pire. Il est heureux de la voir rire et ne s'aperçoit pas que son rire est juste un peu trop fort. Elle le déshabille rapidement. Elle rit encore. Elle paraît si heureuse. Elle prend le sexe d'Olivier dans sa bouche et le happe, à petits coups de langue, courts et rapides. En même temps, elle caresse ses bourses. Le sexe d'Olivier est raide et tuméfié. Il manque d'éjaculer. Elle se déshabille à son tour. Elle va si vite qu'il semble un peu perdu. Elle s'assoit sur le corps d'Olivier après avoir fait entrer son sexe dans le sien. Elle bouge de haut en bas, puis de gauche à droite, se tenant bien droite et poussant des petits gémissements.

Olivier halète et tremble de plaisir. Son sexe palpite dans le vagin chaud et rassurant de Catherine. Il semble s'atomiser en mille jets successifs, déchargeant tout son sperme dans le corps féminin. Elle se dégage rapidement et plonge son visage contre le sexe de son amant, se laissant éclabousser avec volupté par les dernières salves de la virilité. Alors qu'Olivier commence à se perdre dans les méandres du sommeil, il est réveillé par le rire joyeux de Catherine. Il ne sait pas pourquoi elle rit. Il le lui demande. Elle répond : « Parce que je suis une salope éclaboussée ! »

Il se redresse sur un bras, il lui demande si elle va bien, il est de nouveau inquiet, elle le rassure.

« Et pour ce soir ? » Son ton est incertain.

« Qu'est-ce qu'il y a ce soir ?

— Tu sais bien ! Tu ne vas pas y aller ?

— Dites donc, mon locataire ! C'est un interrogatoire ou quoi ?

— Catherine, je ne plaisante pas... Je... t'interdis d'y aller. » Elle éclate de rire.

« Pour l'instant, je vais ouvrir la boutique ! Il est temps de penser aux choses sérieuses, non ? »

Elle va prendre une douche. Olivier l'entend chanter *Fais-moi mal, Johnny*, la chanson de Boris Vian. Il se demande d'où elle connaît cette chanson. Elle l'embrasse avant de partir. Elle a mis son eau de toilette. Elle n'arrête pas de rire. Elle ferme doucement la porte.

Olivier est effondré. Il pense que Catherine devient folle. La présence du maître chanteur est si réelle qu'elle ne peut pas l'avoir oubliée. Alors, d'où vient que Catherine soit si gaie, presque inconsciente de la menace qui pèse sur eux ? Il n'a personne à qui parler. Il se sent tellement jeune et pourtant si responsable de tout.

Xavier Bizot est là depuis midi. L'attente fait partie du plaisir. Ce matin, sa femme a failli tout gâcher. Elle lui a fait une scène parce qu'il partait pour l'après-midi et que c'était le week-end.

« Et moi, je fais quoi, dans tout ça ? lui a-t-elle demandé. Déjà que tu baises plus, ça me sert à quoi d'avoir un homme à la maison ? Si c'est juste pour sentir tes odeurs la nuit, tu peux aller péter ailleurs !

— Ce que tu es vulgaire, mémère ! C'est pas comme ça que tu me donneras envie de te labourer ! Regarde-toi ! Tu es de plus en plus moche ! T'as de la bave au menton quand tu cries ! Et je te ferai remarquer que tu sens pas la rose non plus, mais plutôt...

— Plutôt quoi ?

— Plutôt la vieille crevette ! »

Elle lui a lancé la première chose qui lui venait sous la main. Comme ils étaient dans la salle à manger, elle a pris le melon dans la corbeille de fruits. Il en avait plein sa chemise et ça lui a fait mal. Pour ça, il l'a cognée ! La salope ! Il a pensé à l'autre en même temps qu'il la frappait et ça l'a fait bander. Pourtant, il était en colère. Et puis il est parti car il n'avait pas de temps à perdre.

Qu'est-ce qu'il est bien dans cette chambre ! Ça lui fait penser au temps où il faisait les quatre cents coups avec Jeannot ! Jeannot Lapin, il l'avait surnommé, parce que c'était un chaud lapin. C'était son copain de régiment. Lui, il se rinçait l'œil derrière la vitre pendant que Jeannot s'activait à côté... Ah! C'était le bon temps! Il a été étonné, du reste, que les chambres existent toujours, puisque ce n'était plus un hôtel de passe. Il avait bien fait d'insister auprès des nouveaux propriétaires. Il leur avait dit que, à l'époque, avec sa compagne, ils s'amusaient dans ces deux chambres, et qu'ils aimeraient retrouver le jeu de leur jeunesse et tout et tout... L'homme avait eu l'air de comprendre, il a même fait un clin d'œil. Du reste, il doit aussi s'en servir à ses heures, sinon il aurait fait condamner cette glace sans tain. D'autant que ça lui fait une chambre en moins, maintenant qu'il se sert de la petite comme débarras!

Lundi dernier, ça avait été trop bon de la voir pleurer telle une chienne apeurée. Elle était méconnaissable, ça la changeait de son petit air supérieur de Mme Salernes, femme d'un banquier important. Un banquier de mes deux, oui! Je veux l'humilier un maximum. Je veux qu'elle rampe à poil à mes genoux, et lui donner des ordres! Je veux la voir plus bas que terre, qu'elle soit comme une bête effrayée, qu'elle soit comme toutes les femmes, une salope à quatre pattes et qu'elle me lèche la queue en me demandant pardon de m'avoir rabaissé pendant autant d'années. Quand elle a enlevé son pull et son pantalon, j'ai cru que j'allais crever d'excitation! Elle avait du beau linge, et puis tout transparent! J'en bande encore à chaque fois que j'y pense! Salope! Quand elle s'est allongée sur le lit, je suis sorti tellement j'étais pressé de déchirer ses dessous de riche et de la baiser! Elle aurait peut-être aimé, la salope! La semaine prochaine, c'est ce que je ferai. Mais avant, je l'attacherai et je lui banderai les yeux. Pour qu'elle ait la bonne surprise de me voir quand je l'aurai bien baisée! Rien qu'en imaginant la tête qu'elle fera, je me marre! Plus que quelques jours à attendre... D'ici là je vais la déstabiliser, lui saper le moral au point qu'elle arrivera même plus à s'envoyer en l'air avec son gigolo! Je veux qu'elle perde son air de bourgeoise qui sait tout alors que c'est qu'une Marie-couche-toi-là!

Xavier Bizot passe les heures suivantes à échafauder le scénario le plus à même de satisfaire sa vengeance. Il est content de lui. La scène sera sublime. Il a enfin l'impression de vivre. Il dépose une nouvelle feuille de consignes sur le lit. Puis il regagne son débarras. Il n'a pas pris la peine de rentrer son membre dans son slip et de fermer sa braguette, car le couloir de l'hôtel est vide. Il passe d'une chambre à l'autre, le sexe pendouillant, tel l'exhibitionniste qui attend sa nouvelle proie. Il est le maître du monde.

Catherine a l'impression d'entrer dans une maison fantôme, tant on peut pénétrer dans cet hôtel sans y rencontrer âme qui vive. Dans le couloir qui la mène jusqu'à la chambre 22, elle sent un parfum qui lui est familier, mais qu'elle n'arrive pas à resituer. C'est une odeur légère et fleurie. Elle se retourne, il n'y a personne. Elle a dû rêver. Elle marche sur la pointe des pieds, voulant à tout prix éviter de prévenir de son arrivée. Sa vengeance n'en sera que plus réussie, si elle parvient à ménager un effet de surprise. Au bout du couloir, elle voit la porte jouxtant la chambre 22 légèrement entrouverte. Une plaque indique que cette pièce est privée. Elle a une demi-heure d'avance sur le rendez-vous, c'est suffisant pour ce qu'elle doit faire...

Olivier a décidé de prendre les choses en main. Il ne veut plus voir Catherine sombrer dans une dépression dont elle ne se relèvera pas indemne. Il se sent redevable à jamais de cette femme qui a pris tous les risques pour partager avec lui cet amour qui l'emplit de bonheur. Dans le wagon de métro qui le conduit place des Abbesses, un groupe de trois jeunes gens vient d'entrer. Ils discutent en riant. Ils ont l'âge d'Olivier. Pourtant, il a l'impression d'être à des milliers de kilomètres d'eux. Il envie un instant leur gaieté insouciante. Il se sent tellement vieux... Il ferme les yeux, soudain accablé d'une immense fatigue. Il monte d'un pas pressé les escaliers du métro. En sortant à l'air libre, il est saisi par une impression de chaleur étouffante. Autour de lui, les terrasses de café sont bondées. La frivolité de cette foule lui serre le cœur… Surtout ne pas se laisser distraire, se dit-il, il a beaucoup plus important à faire.

Catherine est partagée entre l'horreur et le soulagement. À ses pieds, l'homme gît dans une mare de sang. Elle n'avait pas pensé au caissier du Crédit Lyonnais. Comment aurait-elle pu imaginer ? Maintenant qu'elle le voit mort et à jamais inoffensif, une vague de chaleur pénètre son corps. Elle a l'impression de s'être dédoublée, un peu comme dans les voyages astraux dont lui a parlé Olivier. En voyant le sexe de l'homme, elle se dit qu'elle a échappé au pire, et que c'est bien ainsi. Elle descend l'escalier avec précaution, son cœur bat la chamade. Au loin, elle entend des voix. Le petit hall d'entrée est toujours vide. En passant à toute hâte, elle fait tomber le présentoir de prospectus. Elle hésite à le ramasser, puis elle se dit que tout retard peut lui être fatal.

Le soleil de cette fin d'après-midi l'aveugle. Sa tête tourne, elle a peur de tomber sans connaissance devant cette adresse maudite. Elle se dirige vers la petite place qui est à vingt mètres de l'hôtel et s'assoit sur un banc, à l'ombre des marronniers. Elle doit reprendre ses esprits, elle étouffe, tout tourbillonne, elle ne doit surtout pas prendre un taxi, ici, dans ce quartier. Les images du mort brouillent sa vue, elle ne voit que du sang, elle n'entend plus aucun son autour d'elle, elle a l'impression que les passants marchent au ralenti, les minutes s'étirent comme des heures. Lorsqu'elle lève la tête, elle croit reconnaître le visage d'Olivier qui l'observe. Puis, avant qu'elle n'ait eu le temps de se lever, l'homme se retourne brutalement et s'éloigne, presque en courant. C'est lui, elle en est sûre ! Que fait-il ici, l'a-t-il vue ? Tout à coup, les faits lui apparaissent dans leur atroce réalité. Elle prend conscience subitement des terribles conséquences qui s'ensuivraient s'il l'avait effectivement vue, assise et défaite sur ce banc devant cet hôtel. Elle ramasse son sac et se dirige en courant vers le métro Abbesses.

Les fourgonnettes de la police ont envahi la jolie place aux marronniers. Les premières voitures appelées sont stationnées dans l'étroite rue Berthe, devant l'*Hôtel de la Place*, gyrophares allumés. Il est vingt-deux heures. Tout le secteur est bloqué. Les véhicules qui ont monté la rue Lepic ne peuvent plus redescendre sur l'avenue de Clichy. L'air de Montmartre est déchiré par le tollé strident des klaxons. Des touristes japonais mitraillent de leur Nikon les agents de police qui entrent et sortent de l'hôtel. Le quartier est en émoi. Aux fenêtres, les voisins captivés commentent d'un immeuble à l'autre l'événement et les informations que leurs enfants ont glanées en descendant de chez eux.

« Regardez, il y a d'autres flics qui arrivent ! Ils sont en civil ! C'est quoi, pour finir, un viol ?

— Il paraît que non !

— C'est peut-être un vol !

— Un vol ? Avec tout ce remue-ménage ?

— Ou une histoire de drogue... Une descente de police...

— Il paraît que c'est un meurtre !

— Un meurtre ! Quelle horreur ! Des Japonais, vous pensez ?

— Je crois que c'est un règlement de comptes.

— Entre bandes rivales ?

— Ou peut-être une prostituée !

— Eh ! Rentre tout de suite, toi ! » Une mère apostrophe son fils du haut de son balcon, l'air soudain angoissé.

L'excitation est à son comble, lorsque l'inspecteur Masson, de la police judiciaire, arrive, à pied, par le bas de la rue des Abbesses. La voiture que Fred conduisait n'est pas arrivée à monter jusqu'à la rue Berthe. D'un geste impatient, Masson brandit sa carte aux officiers de police qui lui interdisent l'accès. Derrière lui, Fred se fraie difficilement un passage. En pénétrant dans l'hôtel, Masson est accueilli par le commissaire Christian Gervais, du secteur de Pigalle.

« Bonsoir, inspecteur, merci d'avoir fait aussi vite.

— La victime est à quel étage ?

— Premier. Je vous fais monter.

— L'équipe légiste est arrivée ?

— À l'instant, oui.

— Qui est le médecin de garde ?

— Le Dr Tran. Vous le connaissez ?

— Affirmatif. Où est le gérant de l'hôtel ?

— Il est dans le salon avec sa femme. J'ai pensé que vous préféreriez les interroger vous-même. Ils sont complètement abattus. Ils jurent qu'ils n'ont rien vu et rien entendu.

— Comme d'habitude ! C'est quoi ici, un hôtel de tourisme ?

— *A priori*, oui. Mais vous allez voir : la pièce dans laquelle on a retrouvé la victime ressemblerait plutôt à un vestige d'hôtel de passe.

— Votre commissariat n'a pas eu de problèmes particuliers avec cet hôtel ces derniers mois ? Aucune plainte, pas d'affaires de drogue, de mœurs ?

— Pas à ma connaissance, mais on se fait confirmer ça par les brigades concernées.

— Il y a combien de chambres ?

— Douze. Que des numéros pairs. Treize avec la pièce du crime.

— Où sont les clients de l'hôtel ?

— Un couple est dans le salon, et un autre dans sa chambre. La six, au rez-de-chaussée. On les garde à l'hôtel au fur et à mesure qu'ils arrivent, mais ils ne sont pas tous rentrés. Il y a un groupe d'Américains qui est de sortie. Ils sont chez *Michou*... Vous savez, le cabaret...

— Je sais encore qui est Michou, nom de Dieu ! On n'est pas des glands au quai des Orfèvres !

— Ce n'est pas ce que je voulais dire, inspecteur !

— Fred, tu commences à prendre la déposition des touristes qui sont là ! Ils sont tous américains ?

— Non, il y a aussi des Japonais...

— Ben ! On va se marrer ! Trouve-moi un interprète, Freddy, ça me casse d'avance de parler en anglais avec un Jap ! Et téléphone à Bertrand et Joël. Tant qu'à faire, autant qu'ils soient sur place !

— C'est déjà fait, patron ! »

La pièce est petite et mal éclairée. Une dizaine d'hommes s'affairent autour du corps. Les flashs des appareils photo crépitent comme pour l'arrivée d'une star au Festival de Cannes, tandis qu'une autre équipe relève les empreintes. De l'autre côté de l'immense glace sans tain, des policiers travaillent également. Masson émet un sifflement admiratif :

« Ouah ! Belle vue ! C'est du panoramique cent quatre-vingts degrés ! C'est plutôt sympathique pour se rincer l'œil ! Ça ne lui a pas porté chance, au macchabée ! » Masson lance un clin d'œil amusé à un jeune policier. « Ma mère m'a toujours dit que la curiosité était un vilain défaut !.... Alors, Doc ! Que pouvez-vous déjà m'apprendre ? »

Le Dr Tran enlève ses gants de latex tout en répondant à Masson. Ses mains ont gardé une fine pellicule de talc, laissant un voile sur ses ongles soigneusement polis.

« Bonsoir, inspecteur ! Pour l'instant, je dirais que la mort remonte à quatre heures, cinq tout au plus. L'arme du crime est un couteau. Deux coups. Le premier porté dans le flanc gauche, presque à l'extrémité du rein. Le second dans la gorge. Je disposerai de plus d'informations après l'autopsie.

— Il venait d'aller pisser ou quoi ?

— Je dirai plutôt qu'il était en exercice... Si vous voyez ce que je veux dire !

— Des traces de sperme ?

— On relève, on relève...

— A-t-on son identité, Gervais ?

— Oui, inspecteur. Xavier Bizot. Il habite au 14, rue de la Glacière. Dans le treizième. Apparemment, il était marié.

— Vous avez appelé chez lui ? demande Masson à Christian Gervais.

— Non, pas encore.

— Laissez ! Ce n'est jamais bon de mourir dans une chambre d'hôtel, la queue entre les jambes ! Je m'occupe de la veuve... D'autant qu'on ne sait pas !

— Vous pensez à une épouse jalouse ?

— Je ne pense à rien. J'examine. »

Bertrand et Joël viennent d'arriver. Ils rejoignent Masson sur le palier de l'étage.

« Salut les gars ! Désolé pour votre samedi soir ! »

André et Christine Aurèle, les gérants de l'hôtel, sont assis sur le canapé, le visage sombre. Ils expliquent à Masson que c'est cet homme qui a insisté pour avoir ces deux chambres, parce que sa compagne et lui voulaient revivre un jeu auquel ils s'étaient autrefois adonnés.

« Il a retenu les chambres à trois reprises, récite Christine Aurèle d'un ton monocorde. La première fois, il est resté seul.

— Du moins, nous n'avons vu personne, précise son mari.

— La seconde fois, il y avait son amie... La troisième fois, c'est aujourd'hui.

— À quelle heure les avez-vous vus, aujourd'hui ?

— On ne les a pas vus. Non... » La femme secoue la tête comme si elle était en train de réfléchir. « Je sais que la clef des chambres a été prise avant le déjeuner, mais je ne pourrais pas vous dire à quelle heure exactement.

— On s'est occupés du groupe d'Américains tout l'après-midi. Le samedi, c'est le jour des départs et des arrivées... On est débordés.

— Vous la louez bien, la chambre 22 ?

— Je la loue comme les autres. » Le visage d'André Aurèle s'est rembruni.

« De préférence à des femmes ? À des couples ?

— Si vous croyez que je n'ai que ça à faire ! La pièce adjacente est devenue un débarras. Point. C'est lui qui est venu me chercher, pas le contraire ! J'ai été bien récompensé !

— Hum ! Et dites-moi, ils sont venus ensemble la deuxième fois ?

— Non, elle est venue le rejoindre, répond Christine Aurèle... Puisqu'elle m'a demandé où était la chambre 22.

— Mais, dites-moi, si elle vous a demandé où était la chambre, c'est que le lieu de leurs émois de jeunesse ne lui a pas laissé un souvenir impérissable, à cette brave dame ! Non ?

— Si ! Oui... C'est vrai... Je n'y ai pas prêté attention sur le coup.

— Il vous a réglé par carte bleue ?

— Non, en espèces.

— Les trois fois ?

— Oui.

— À quel nom est-il inscrit sur votre registre ?

— C'est-à-dire...

— Écoutez, ma petite dame, la coupe Masson impatienté, je ne suis ni le fisc ni la brigade des mœurs ! Moi, j'enquête sur un meurtre, alors il va falloir coopérer ! C'est compris ?

— Compris.

— Alors, quel nom vous a-t-il donné ?

— M. Gilles.

— Rien d'autre ?

— Non !

— Et la femme, vous pourriez me la décrire ?

— Oh oui ! C'était une belle femme d'une quarantaine d'années... Peut-être un peu plus. Grande, blonde...

— Habillée comment ?

— Chic. Je ne pourrais pas vous en dire plus, mais très chic. Vous savez, je l'ai à peine vue, deux minutes... Mais je l'ai trouvée mieux que lui, en tout cas.

— Ils sont repartis ensemble, ce jour-là ?
— … Je ne les ai pas revus.
— Bon, je vous laisse avec mon collaborateur. Je veux connaître les dates exactes auxquelles les chambres ont été réservées, un descriptif le plus précis possible de vos allées et venues d'aujourd'hui, ainsi que celles de votre personnel et de vos clients…
— Nous n'avons pas de personnel… À part un cuisinier et une femme de ménage. Les deux viennent le matin.
— Et alors, c'est pas du personnel, ça ? Ils ne sont pas sur vos registres, eux non plus ? Joël, regarde aussi le registre… Celui des clients seulement, je ne voudrais pas que ça empêche la petite dame de dormir ! Tu remontes aux quatre dernières semaines ! Où est Bertrand ?
— Dans la salle du petit déjeuner ! Il interroge ! Les Américains viennent de rentrer. »

La femme qui leur ouvre la porte vient d'être réveillée par le coup de fil de Masson la prévenant de leur arrivée. Elle porte un vieux jogging vert d'eau dont les inscriptions blanches ont été effacées par la chaleur du fer à repasser. Elle allume la lumière du vestibule et les fait entrer, le regard vide.
« La police ! Pourquoi ? Qu'est-ce que c'est que ce souk ?
— Navré, madame Bizot, nous n'avons pas de très bonnes nouvelles à vous apprendre…
— C'est-à-dire ? » Elle est maintenant tout à fait réveillée.
« Votre mari, Xavier Bizot, est décédé. Nous sommes désolés.
— Oh ! Le con ! Comment il s'est fait ça, le con ? » Derrière son épaule, Masson entend le ricanement nerveux de Fred. Il se retourne rapidement et le foudroie du regard. Depuis plus de vingt ans que Masson fait ce métier, ce n'est malheureusement pas la première fois qu'il doit annoncer une mort à un proche de la victime. Il sait qu'il peut y avoir autant de réactions qu'il y a d'individus, et que parfois elles sont inattendues. Il a appris à ne rien en déduire.
« Pouvons-nous entrer, madame Bizot ?

— Mais, oui ! Quand je pense ! Il a eu un accident ou quoi ? Le con ! »

Ce lundi matin, Masson a rendez-vous à huit heures avec le directeur de la succursale du Crédit Lyonnais où travaillait Xavier Bizot. Si les circonstances du meurtre font incliner pour un crime sexuel, il se méfie de ces déductions hâtives. Il a écarté l'hypothèse de l'épouse qui se venge. La jalousie peut être un mobile, mais encore faut-il une passion pour susciter la haine. Or Josiane Bizot n'a jamais aimé son mari. Masson est certain que la femme blonde est le pivot de l'affaire, mais de quelle façon ? Était-elle la maîtresse de la victime ? Est-elle mariée ? Qui est-elle ? Quelles étaient leurs relations ? Dans le petit bureau vitré, Michel Rebois essaie de définir le plus précisément possible le caractère de son employé. Il est encore sous le coup de ce qu'il vient d'apprendre.

« Une mort subite, c'est déjà choquant, mais un meurtre ! Surtout lui. Non pas qu'il y ait un profil type de la victime, mais tout de même… Et comment cela s'est-il passé ?

— Désolé, monsieur Rebois, le secret de l'enquête ne me permet pas…

— Oui, bien sûr, je comprends…

— Alors, comment était-il ?

— Écoutez, il était… minutieux. Ponctuel. Honnête. Enfin, je crois… Je n'avais pas à proprement parler de relations personnelles avec lui… Peut-être que les autres employés… Cela faisait un peu plus de cinq ans qu'il était chez nous. Mais il a toujours été au Crédit Lyonnais. Non, franchement, pas de problèmes. Rien. Peut-être était-il un peu… secret, mais enfin, ça ne me dérangeait pas. La discrétion, c'est plutôt une qualité dans notre métier. Je suis désolé de ne pouvoir vous aider davantage. En fait, je me rends compte que je ne le connaissais pas du tout.

— Je peux jeter un œil à son bureau ?

— Je vous en prie ! Il était assis là, à gauche.

— Redites-moi en quoi consiste le métier de caissier… »

Masson écoute d'une oreille distraite les explications du directeur. Il tente de se glisser dans la peau de Bizot. Il prend les chemises de carton, les ouvre et les referme, les remet dans les corbeilles à courrier, ouvre un tiroir, puis un autre. L'environnement professionnel de Xavier Bizot est sans surprise apparente. Tout est rangé, classé dans un ordre quasi maniaque.

« Avez-vous des vestiaires ?

— Oui, chacun a un casier personnel.

— Un double de la clef, peut-être ?

— Non. C'est un simple cadenas. Chacun a sa clef.

— Quelqu'un de chez nous passera dans l'après-midi. Il aura également quelques questions à poser à vos employés. En attendant, monsieur Rebois, si vous pensez à un détail, n'importe quoi… »

En marchant rue de Sèvres, Masson est contrarié. Il a un mort sur les bras depuis déjà deux jours, et pas l'ombre d'une faille, pas la moindre piste. Ce Bizot a le profil du mec sans histoires. Il n'aime pas ça. Lorsqu'il pénètre dans son bureau, ses hommes sont là, attendant le premier debriefing.

« Vous voyez, les gars, dit Masson en s'asseyant, plus j'y pense et plus je parierais sur une histoire de gros sous, plutôt que sur une histoire de cul. Un caissier, c'est soit honnête, soit malhonnête. Si ça se trouve, il en savait trop…

— À quoi pensez-vous ?

— Je ne sais pas… transfert d'argent, blanchiment, détournement de fonds, délit d'initié… Il y a mille possibilités.

— Et la blonde, qu'est-ce que vous en faites ?

— Ça pourrait être un intermédiaire. Et l'hôtel un lieu de rendez-vous où Bizot traitait affaires et non pas sexe ! Tiens, Joël, tu files à la banque, et tu me ramasses les affaires qui sont dans son casier. Ah ! Au fait, il y a un cadenas. Tu prends des sacs plastique, des fois qu'on aurait quelque chose pour le labo ! Et tu m'interroges les collègues. J'espère qu'ils en sauront un peu plus que Rebois ! »

Depuis deux jours, Catherine ne dort pas. Dimanche, elle a décroché son téléphone une dizaine de fois, se ravisant ensuite et raccrochant instantanément. Rien dans son comportement, même vis-à-vis d'Olivier, ne doit la trahir.

Lundi, Catherine sort rejoindre Olivier beaucoup plus tôt que d'habitude. Trop pressée de le retrouver pour attendre une heure de plus, elle a laissé sa famille endormie et se hâte dans la fraîcheur du petit matin. Après avoir tourné et retourné la situation dans tous les sens, Catherine a décidé de ne pas dire à Olivier qu'elle l'a reconnu, samedi, à côté de l'hôtel. D'autant qu'elle n'est plus tout à fait certaine qu'il l'ait lui-même vue, assise et défaite sur le banc en bois de la place aux marronniers. Comme pour conjurer les images sanglantes qui martèlent sa tête depuis quarante-huit heures, Catherine porte un pantalon blanc et une chemise immaculée. Comme tous les lundis, Catherine apporte des croissants chauds et une baguette pour leur petit déjeuner. Il est à peine huit heures. Généralement, il lui ouvre la porte et l'attire dans le lit encore chaud pour pouvoir blottir son corps contre le sien quelques instants de plus. Habituellement, il est nu et il lui fait l'amour, insatiable, impatient et fougueux. Aujourd'hui, malgré l'heure matinale, Olivier est déjà levé et habillé.

« Tiens donc ! À quelle heure es-tu partie de chez toi ? Tu es de moins en moins discrète ! Pour quelqu'un qui veut protéger sa vie de merde à tout prix ! » Olivier n'est pas rasé. Son visage est partagé entre la colère et la douleur.

« Je peux partir, si je vous dérange ! » Catherine avait craint qu'il ne faille entamer une explication qu'elle ne souhaitait pas. Mais elle n'avait pas prévu qu'Olivier serait agressif. Elle vient de réagir comme une petite fille trop gâtée par la vie. Elle le regrette instantanément.

« Arrête ! Catherine, arrête toutes ces simagrées ! Et ne prends pas ton air de princesse offensée, ça me gonfle ! Et ce n'est plus d'actualité !

— Pourquoi êtes-vous déjà habillé ? » Le cœur de Catherine se brise en mille éclats douloureux, mais rien, ni dans sa question ni dans son ton, ne le laisse deviner.

« Parce que je suis réveillé depuis quatre heures du matin, imagine-toi ! Si tu as pu dormir, tant mieux pour toi ! » Olivier crie, Catherine a peur...

« Vous ne voulez pas faire l'amour ?

— Non ! »

Catherine pénètre dans la pièce. Elle regarde le lit défait. Elle voudrait revenir deux jours en arrière. Les images qui se cognent dans sa tête ont maintenant l'odeur du sang chaud, un peu celle des règles, un peu celle des mains du boucher lorsqu'il lui tend le sac en plastique après avoir fait mine de s'essuyer sur son tablier blanc. Elle a envie de vomir. Elle va prendre une assiette dans la cuisine et y dépose les croissants. Elle pose l'assiette sur la table, avec le pain et le beurre. Elle jette le vieux café dans l'évier, et commence à en préparer du frais. Elle semble imperturbable. Olivier s'est laissé tomber sur la chaise à côté de la table. Il regarde Catherine comme s'il la voyait pour la première fois.

« Pour changer, j'ai acheté les croissants et le pain à côté de chez moi. Vous savez, chez *Florent*, je vous ai déjà parlé de cette boulangerie. Vous m'en direz des nouvelles ! »

La voix de Catherine est un peu plus aiguë que d'habitude. Olivier ne l'a pas quittée des yeux. Il est pâle et ses traits sont tirés. Il ne parle pas.

« Arrêtez de me regarder avec cet air-là, vous me faites peur ! lui dit Catherine sur le ton de la plaisanterie.

— Tu vas bien, Catherine ?

— Très bien ! Pourquoi ? Et vous ? »

Son ton est aussi léger que celui d'Olivier est oppressé et triste.

« Très bien !

— Alors, tout est parfait ! »

Catherine prend un couteau et commence à tartiner avec minutie le premier croissant. Olivier a renoncé à amorcer tout dialogue. Il est anéanti par tant de légèreté. Ils boivent leur café en silence. À neuf heures, Olivier se lève et enfile son blouson en jean.

« Où allez-vous ?

— J'ai un rendez-vous... Mais tu peux rester.

— Un rendez-vous ? Un lundi matin ? Mais c'est notre jour ! » Les yeux de Catherine s'emplissent de larmes. Elle semble perdue. « Vous ne m'aimez plus ?

— Catherine ! » Olivier a crié son nom, saisi de stupeur, tant Catherine semble refuser d'aborder la réalité en face. « J'ai besoin de prendre du recul, imagine-toi !.... De réfléchir.

— Mais à quoi ? » Elle a crié son désespoir. Elle le supplie de ses beaux yeux mouillés.

« Tu sais bien à quoi... »

Olivier part en tirant doucement la porte. Catherine continue de pleurer. Elle aurait voulu que ce lundi soit semblable à tous les autres. Mais elle avait été folle d'y croire. L'horreur et l'indicible l'ont frappée au moment le plus heureux de sa vie. Au lieu d'en parler avec Olivier, comme il l'aurait souhaité, elle a provoqué son éloignement. Sur la table, les croissants n'ont pas été touchés. Ils ressemblent aux vestiges d'une fête non consommée. Un bal populaire interrompu par un de ces drames qui font la une des journaux du lendemain.

Les effets du casier de Bizot sont aussi ordinaires que semble l'avoir été la vie de la victime : un cache-col, une petite bouteille d'eau minérale, un paquet de biscuits à moitié entamés à la noix de coco, un magazine et des tickets de métro usagés.

« Ce mec est nul à chier ! Même ses biscuits sont rassis ! explose Joël, en passant en revue les affaires.

— Qu'ont donné tes interrogatoires ?

— Rien ! C'était un mec *straight*, tranquille, pas bavard, poli avec les clients, qui arrivait et partait à l'heure.

— Jamais d'heures sup ?

— Non, mais il restait parfois à l'heure du déjeuner. Apparemment, il avançait son travail pendant le temps de fermeture de l'agence, ce qui lui permettait de partir plus tôt l'après-midi. Un arrangement avec son boss. De toute façon, il ne déjeunait jamais avec les autres.

— On ne lui connaissait pas de liaison extraconjugale ?

— Quand j'ai posé la question, j'ai vu devant moi trois paires d'yeux s'agrandir comme des ronds de flan... J'en ai déduit que s'il avait une maîtresse, alors il cachait bien son jeu !

— Et la femme blonde ?

— Personne en particulier. Il y a des femmes blondes qui viennent à l'agence, mais aucune relation possible avec Bizot. Je vous le dis, chef ! C'est un mec creux, sans relief. Il a peut-être été tué par erreur !

— La queue pendant entre les jambes ?

— Alors, c'était un détraqué sexuel, un voyeur lambda qui n'a pas plu au couple qui était en train de baiser !

— C'est peut-être ça, Joël, je ne dis pas le contraire... Mais on est obligés de creuser toutes les pistes possibles.

— Mais on n'en a aucune, de piste, chef !

— Si ! Toi tu vois le détraqué, moi je vois qu'il était caissier ! C'est peut-être pour cela qu'il a été tué !

— Mais, chef ! Vous avez l'air d'oublier qu'il avait le zizi à l'air ! Pour parler affaires, c'est pas l'idéal !

— O.K. ! Mais qu'est-ce qui nous prouve qu'on ne le lui a pas sorti pour faire croire qu'il était pervers, justement ? Et d'ailleurs, même dans ta version, qu'est-ce qui te prouve que c'était un pervers ? Il était peut-être gentiment en train de baiser avec la blonde.

— Bon ! Alors, on fait quoi ?
— Je téléphone à la BCRCI[1], je voudrais qu'ils examinent son ordinateur ! Et demande à Fred de relancer le médecin légiste et le labo, il est déjà cinq heures, et je n'ai encore rien sur mon bureau ! »

Alors que Catherine se dirige vers la salle à manger, le dîner lui apparaît comme une épreuve insurmontable. Elle n'a pas revu Olivier. Elle est désemparée. Elle sait ce qu'il lui reproche et il la tient pour responsable. Pourtant, elle n'en a cure. Ce qui l'accable au-delà de tout, c'est de sentir obscurément que leur relation ne sera plus jamais la même. À table, l'atmosphère lui semble plus tendue que d'ordinaire, comme si chacun des membres de sa famille partageait son lourd secret. Mais comment le pourraient-ils ? Peuvent-ils même imaginer le calvaire qu'elle endure ? Elle sait qu'elle n'a d'autre choix que celui de se taire. Henriette, vêtue de l'habituel tablier blanc qu'elle porte pour servir, va et vient d'un pas pressé entre sa cuisine et la salle à manger. Comme tous les lundis, les serviettes de table sont propres et amidonnées dans leurs ronds en métal argenté.

Comme tous les lundis, bonne-maman et Christian dînent chez Jean et Catherine. Jean engage la conversation. De sa voix modulée qui couvre la salle de part en part, il s'écoute parler. Il se berce de ses propos qui comblent d'aise bonne-maman et qui tournent éternellement autour de l'argent. Pas celui de sa banque, mais celui des autres. De ceux qui en ont tant qu'on aimerait les connaître mieux. Ils sont de fait si charmants, si sympathiques ! D'ailleurs, Jean en rencontre un certain nombre au Polo. Lorsque le sujet s'épuise, on évoque la question du pouvoir. Qu'ils soient de gauche ou de droite, les gens qui ont du pouvoir ont toujours forcé l'admiration des Salernes. Et comme le pouvoir va et vient, il faut savoir se rapprocher et s'éloigner à temps.

1. Brigade centrale de répression de la criminalité informatique.

C'est un jeu d'habileté auquel les Salernes ont toujours excellé. Enfin, il y a les gens en vue : ceux dont on parle dans tout Paris et auprès desquels il faut savoir se glisser pour enfin avoir l'immense privilège de les appeler par leur prénom. Pour tout cela, il faut un carnet d'adresses. Les Salernes le bâtissent depuis des générations. Jean Salernes enrichit régulièrement le sien sans perdre de vue qu'un nom ne doit jamais être définitivement rayé.

Henriette passe le plat d'asperges et la sauce mousseline. Elle le présente à bonne-maman, puis à Catherine. Les enfants se débrouillent seuls depuis que Thomas a demandé à Henriette de ne plus le servir. Virginie se calque sur son frère dans toutes ces attitudes que bonne-maman qualifie de « libérales ».

« En voilà une tête, Henriette ! On jurerait que vous sortez du lit ! » Le ton de bonne-maman est moqueur, un rien méchant.

« J'ai un mauvais rhume, madame. Demain, il n'y paraîtra plus.

— Ce n'est pourtant pas la saison !

— Si Henriette vous dit qu'elle va bien, bonne-maman, c'est qu'elle va bien, intervient Catherine d'un ton agacé.

— Il ne me semble pas vous avoir adressé la parole, ma bru ! Je parle à mon employée de maison et je vous saurais gré de ne pas vous en mêler.

— J'ignorais que notre chère Henriette faisait partie de votre personnel, bonne-maman !

— Catherine ! »

Jean Salernes n'aime pas qu'on hausse le ton et encore moins avec sa mère.

« Eh bien, maintenant, vous le savez ! » répond bonne-maman d'un ton acide. Et s'adressant à Virginie : « Mange un peu, toi ! Tu vas finir anorexique dans un asile ! Déjà que tu n'es pas belle à voir !

— Taisez-vous ! » La voix de Catherine tremble de fureur. « Laissez ma fille en paix !

— De toute ma vie, Jean, personne ne m'a jamais parlé sur ce ton ! Une petite employée de quatre sous ! Voilà ce qu'elle était ! Sans toi, elle aurait fini sur le trottoir ! Si ton père était encore là...

— Allez, allez... » Jean s'essuie la bouche nerveusement et boit une gorgée de riesling.

Virginie a baissé la tête un peu plus bas que d'habitude. Ses épaules sont voûtées. Elle ne supporte pas les conflits et encore moins de voir sa mère souffrir.

Les asperges sont amères dans les bouches. Bonne-maman en oublie les bonnes manières et vient d'en prendre une avec ses doigts. En sectionnant la tête de l'asperge avec ses dents, elle s'est éclaboussée de sauce mousseline. Une goutte descend le long de son menton qui se ride un peu plus sous l'effet de la rage. Sa respiration est plus bruyante.

Thomas regarde tour à tour son père et sa grand-mère. Il ne sait pas lequel des deux il déteste le plus. Il foudroie bonne-maman du regard et lui dit d'une voix assourdie par la colère :

« N'insultez pas ma mère ! » Et s'adressant à son père, il poursuit : « Ça ne te dérange pas, bien sûr, que ta mère insulte la mienne ? » Jean se tamponne lentement les lèvres, sans répondre. « Mais dis-lui quelque chose, si tu en es capable, au lieu de faire l'hypocrite !

— Thomas ! Va dans ta chambre ! » Le ton de Jean est dur et froid.

« Pauvre con ! Tu ne comprendras jamais rien ! » Thomas, les yeux brouillés de larmes de rage, sort de la pièce. Catherine le suit, son teint est diaphane et son regard vide.

Alors que Christian Salernes tente un clin d'œil complice en direction de Virginie, celle-ci fait reculer sa chaise bruyamment sur le parquet en jetant un regard plein de haine à son oncle. Elle se lève, atteint la porte avec une effroyable lenteur, puis s'enferme dans sa chambre. À travers la porte, de violents sanglots viennent parfois troubler le silence du long couloir aux lumières blafardes.

Le dîner du lundi soir chez les Salernes s'est achevé comme la journée de Catherine avait commencé : non consommé. Une sorte de manque d'appétit collectif, peut-être.

Masson aime ces petits matins où, dans l'atmosphère aseptisée de la grande pièce carrelée du Laboratoire central de la Police judiciaire, il tient ses premières réunions. Le Dr Worms, le biologiste en chef, est déjà là. Ils attendent le Dr Tran, un des médecins légistes de l'Institut médico-légal, quai de la Rapée. Tran et Worms ont l'habitude de travailler ensemble sur les affaires criminelles et ils savent que Masson préfère les rencontrer rue de Dantzig. Masson vit toujours cette réunion initiale comme une rencontre avec les prophètes : ils avancent les premiers indices d'un chemin à emprunter, même si celui-ci est semé d'embûches. Bertrand et Joël arrivent ensemble, bientôt suivis de Fred et de Tran. Leurs eaux de toilette se mêlent à l'odeur du café chaud. Ils échangent quelques paroles chuchotées jusqu'au moment où Worms, l'air malicieux, les rejoint, son gros dossier gris sous le bras.

« Vous êtes prêt, inspecteur ?

— On n'attend plus que vous, Worms !

— Alors, allons-y ! Tran, tu commences ? » Le silence se fait dans la pièce. Tran se dirige vers le paper-board, un gros marqueur noir à la main.

« Premièrement, je confirme que la victime est décédée entre dix-sept heures et dix-huit heures trente et ceci presque instantanément. Elle a reçu deux coups de couteau, pas un de plus. C'est le deuxième coup qui a été mortel, puisqu'il a provoqué une hémorragie fulgurante, due à l'incision de l'artère carotide primitive, là, en même temps que la lame a ouvert l'extrémité inférieure de la trachée. Une fois l'artère sectionnée, non seulement le cerveau n'a plus été irrigué et a manqué d'oxygène, mais le sang s'est mis à inonder les poumons, provoquant une sorte d'asphyxie par noyade. Sauf que le liquide était du sang et non de l'eau ! Le premier coup, si vous vous souvenez, a été porté de manière latérale, sur le flanc gauche, ici. Il a entamé la dixième côte qui a, en quelque sorte, amorti l'impact sur le pôle supérieur du rein gauche. C'est une égratignure en comparaison du deuxième coup. La deuxième blessure est causée par un coup profond, sec, violent, commandé par la haine... Ou par la peur.

— Du travail de professionnel ? demande Masson.

— Je ne pense pas, sinon le premier coup aurait été un coup pénétrant et sans bavure qui aurait visé l'aorte. Il aurait expédié proprement la victime dans l'autre monde. Non ! Ce qui s'est vraisemblablement passé... Tenez ! Regardez les photos. L'homme était assis sur ce tabouret haut, qu'on voit renversé, là, à droite. Il était face à la glace sans tain, et apparemment concentré.

— Par ce qui se passait dans la chambre ?

— Peut-être, intervient le Dr Worms, mais rien ne laisse supposer qu'il se soit passé grand-chose dans la chambre à coucher, du moins au sens où vous l'entendez.

— C'est-à-dire ?

— J'y viendrai après. Non, Tran et moi pensons plutôt qu'il était absorbé par autre chose : soit par ses propres pensées, soit par un acte de masturbation. N'oubliez pas que son sexe était sorti de son pantalon au moment où on l'a retrouvé !

— Des traces de sperme ?

— Aucune, reprend le Dr Tran. Et je dirais même avec un risque d'erreur de cinq pour cent que son sexe n'était pas en érection au moment des faits.

— Comment cela ?

— Les corps caverneux auraient dû être dilatés.

— Mais c'est plutôt débandant de se prendre un coup de couteau, non ?

— Ça ne change rien. Il serait resté des traces de constriction des veines de la verge ou au moins, à la section, quelques caillots sanguins. Là, rien.

— Alors, impuissant ?

— Je ne peux rien en déduire. Pas nécessairement. Simplement, il n'était pas en érection, bien que son sexe ait été sorti. C'est juste un fait en passant. »

Masson et ses hommes restent un instant sur cette image insolite, puis se concentrent à nouveau sur Tran.

« Donc, vous disiez, Doc, qu'il était assis sur le tabouret, reprend Masson.

— La personne qui est entrée a porté son coup sur la partie du corps la plus accessible, c'est-à-dire le côté gauche, légèrement en retrait... N'oubliez pas que la porte de cette pièce est à environ un mètre derrière l'emplacement présumé du tabouret. À ce moment-là, la victime, surprise, s'est retournée sous l'effet de la douleur, faisant tomber le tabouret... Vous me suivez ? Et l'assassin a porté son deuxième coup très exactement là, dans cette partie du cou.

— Donc, l'assassin est grand ?

— Pas nécessairement. La victime a pu se courber sous l'effet de la douleur. D'autre part, elle mesurait un mètre soixante-huit. Ce n'est pas excessif.

— Alors, comment est l'arme du crime ? » Les regards se portent sur le Dr Worms qui rejoint à son tour le grand tableau blanc. Il tourne une autre feuille. Bertrand prend des notes.

« À l'analyse des plaies, je dirais que le couteau a une lame souple, longue et surtout sans dents. Un instrument d'environ vingt-cinq à trente-cinq bons centimètres. Très affûté, à tel point qu'on retrouve sur les chairs de nombreux éclats minéraux, appartenant à un type d'affûtoir communément appelé pierre douce.

— En d'autres termes ?

— C'est un couteau qu'on peut trouver chez les poissonniers, les bouchers, les charcutiers... Il permet de trancher très finement, avec précision. Du reste, Tran doit en avoir une multitude de ce genre dans les chambres de dissection...

— Ce serait plutôt un instrument de professionnel ?

— Plutôt, mais toutes les bonnes maisons, restaurants ou même particuliers, peuvent en posséder.

— Des empreintes ? Dans les chambres ?

— Aucune dans la pièce du crime hormis celles de la victime et celles des gérants. Mari et femme.

— Et l'autre chambre, alors ?

— Dans l'autre chambre, nous avons relevé ces mêmes trois empreintes plus celles d'une quatrième personne sur la poignée intérieure de l'entrée, sur la barre du lit et sur le marbre de la table de nuit. Étant donné qu'il s'agit d'un hôtel, on aurait pu avoir une multitude d'empreintes. Heureusement, il est probable que le ménage avait été fait peu de temps avant le crime.

— Pourquoi nous avoir dit tout à l'heure que rien ne s'était passé dans la chambre à coucher ?

— Rien dans le sens d'un acte sexuel. Nous n'avons trouvé aucun indice qui puisse nous faire penser à un échange sexuel. Le lit n'a pas été défait, les draps étaient propres. Nous n'avons relevé ni poils ni cheveux, hormis des cheveux sur le couvre-lit, mais rien ne nous indique qu'ils n'appartiennent pas à d'anciens clients. Nous les avons mis de côté, mais à ce stade de l'enquête, nous n'avons aucun suspect pour matcher l'ADN. Voilà, messieurs, conclut le Dr Worms, vous savez tout ! »

Masson se lève lourdement de sa chaise. Il est aussi déprimé après cette réunion qu'il était plein d'espoir deux heures avant. Il grommelle quelques mots d'adieu aux deux médecins et monte dans la voiture de Bertrand. Masson l'a choisi parce que c'est le moins bavard des trois. Il a envie de calme.

Je n'y arriverai jamais. J'ai plus l'âge pour affronter des épreuves comme ça ! Cela me donne mauvais teint ! Même bonne-maman me l'a fait remarquer ! Même qu'à cause de moi, ça a tourné au drame ! J'en suis toute chamboulée ! C'est Madame qui a pris ma défense, alors nécessairement, ça n'a pas plu à bonne-maman ! C'est pour cela qu'elle a agressé la petite. C'est sa façon de parler, mais dans le fond, elle l'aime bien la petite ! Quoique ! Elle l'aime moins depuis qu'elle ne parle plus. On dirait qu'elle lui fait peur ! Encore un secret de famille ! Je ne suis pas tranquille ! J'ai l'impression d'avoir été trop loin... Surtout maintenant ! Madame n'aurait jamais dû faire ça ! Qui sait où ça va nous entraîner ! Je crois que je suis trop vieille pour toutes leurs histoires !

En rentrant à son bureau, quai des Orfèvres, Masson rappelle la Brigade centrale de répression de la criminalité informatique, qui lui a laissé un message. Daniel Grossman, le responsable de l'équipe de la BCRCI, l'informe qu'un enquêteur a pris rendez-vous avec le directeur de l'agence du Crédit Lyonnais pour mener les investigations demandées par Masson sur l'ordinateur de Xavier Bizot.

« Il ira à dix-sept heures trente, après la fermeture. Autant vous dire que Rebois a eu l'air étonné qu'on aille dans cette direction. Il a insisté sur la confidentialité des informations, enfin le blabla habituel. *A priori*, on devrait analyser le contenu du disque dur assez rapidement, peut-être dans la soirée. Au plus tard demain. Je vous tiens au courant.

— Merci, Grossman ! C'est capital pour nous, parce que pour l'instant, on a *peanuts* ! Alors trouvez-moi une couille dans la citrouille, ça nous donnera peut-être une piste. »

Grossman se mit à rire :

« Nous allons faire notre possible, Masson ! En attendant, passez une bonne journée ! »

À dix heures, ce même mardi, Catherine Salernes prend les chèques de samedi dans son coffre et remplit les bordereaux sur la petite table de son arrière-boutique. Son cœur bat la chamade, lorsqu'elle pénètre dans les locaux du Crédit Lyonnais. Elle tente d'emprunter la même démarche assurée que d'habitude et feint l'étonnement lorsqu'elle se rend compte qu'il n'y a qu'une caisse en fonctionnement au lieu de deux habituellement. Pourtant l'agence est calme, M. Rebois la salue même en passant. Catherine n'a pas quitté ses lunettes de soleil. En sortant, elle a envie de vomir. Elle ouvre la porte de sa boutique et allume une bougie à la cannelle. Dehors, l'air est doux. Elle songe à Olivier. Elle ne sait que penser. À une heure, elle va s'acheter un sandwich à la boulangerie et s'enferme au magasin. Elle attend qu'Olivier lui téléphone, elle ne veut pas le brusquer. La journée a passé, le téléphone n'a pas sonné et Catherine se sent injustement abandonnée.

Au moment où elle ferme le magasin, Catherine décide d'aller chez lui. Mais il n'est pas là. Elle n'en peut plus de ce silence et de cette absence. Elle prend le double de la clef qu'elle a toujours gardée dans son sac et entre dans le studio. Les rideaux sont fermés et le lit défait. C'est la première fois que Catherine ne le défait pas avec Olivier. Elle se représente un autre corps que le sien partageant la couche de son amant et elle souffre. À sa place dans le lit, elle imagine une jeune étudiante à la peau mate et aux longs cheveux bruns murmurer à l'oreille d'Olivier des mots d'amour d'une voix chaude et cassée. Elle se sent tout à coup si vieille, si blonde et sa voix est si aérienne… Comment ne s'est-il pas déjà lassé d'elle ? Elle entend la clef tourner dans la serrure et prend peur à l'idée qu'il puisse être avec cette autre. Son cœur éclate de jalousie et de douleur, elle hait déjà cette fille de toutes ses forces… Mais il est seul. Seul et pas rasé. Peut-être ont-ils fait l'amour chez elle ?

« Vous êtes seul ?

— Avec qui veux-tu que je sois ? Avec les flics ? Et qu'est-ce que tu fous chez moi ? Barre-toi, je ne veux plus te voir !

— J'ai besoin de vous... Est-ce pour maintenant se déchirer ainsi, que nous avons fait tout cela ?

— Que *nous* avons fait ! Tu es folle, Catherine ! D'ailleurs, j'ai toujours su que tu étais folle ! Je n'aurais jamais dû m'approcher de toi ! Jamais ! Tu es...

— Je vous aime tellement ! Vous et moi, c'est pareil, on ne forme plus qu'un ! Jamais je ne vous trahirai, pourquoi vous inquiéter ? Je... vous... » Catherine avale sa salive avec difficulté. « Je vous remercie... même... de ce que vous avez fait pour moi. »

Olivier la regarde, l'air hagard. Il ne comprend rien à ses propos. Un discours de folle... Il voudrait qu'elle s'en aille loin de lui et qu'elle n'ait jamais existé.

Catherine, tout en parlant, a fait descendre sa culotte le long de ses jambes. Elle remonte sa jupe à la taille et s'assoit sur le lit. Puis elle défait d'un geste son chignon et écarte légèrement ses jambes.

« Viens, lui murmure-t-elle, dis-moi que tu me désires encore un peu...

— Catherine, arrête, je t'en supplie ! »

La voix d'Olivier est rauque d'envie et de douleur mêlées. Il est bouleversé à la fois par l'érotisme de cette scène et par l'effort que Catherine a dû faire sur elle-même pour se donner ainsi. Il reste debout, le regard aimanté par ce sexe offert. Mais il ne bouge pas. Le temps semble s'étirer cruellement pendant que Catherine, les yeux brouillés de larmes, attend dans la même position un geste d'Olivier. Il n'a jamais voulu cette servitude. Elle n'était qu'une enfant, il en a fait malgré lui une servante. Rongé de remords, il s'avance enfin vers elle et, à genoux, pose un baiser sur ses cuisses. Alors, elle lui caresse les cheveux, plaquant le visage d'Olivier sur son ventre, et lui murmure : « Merci. »

Il est dix heures du soir lorsque Masson et ses hommes pénètrent rue de Londres. Devant leurs mines sombres et angoissées, Grossman ne peut s'empêcher d'éclater de rire. Ils lui font penser à des limiers. À peine lâchés, ces chiens pistent en tous sens, même s'ils n'ont pas encore humé l'odeur à suivre. Il s'abstient cependant de leur faire partager la raison de son fou rire, car il est à peu près sûr que Masson n'apprécierait pas son sens de l'humour !

« Messieurs ! Je crois que nous avons bien travaillé ! Pour être honnête, ce n'était pas très difficile, car le travail de la victime consistant en des tâches très répétitives, il suffisait de trouver l'erreur !

— Alors ?

— Alors, en fait, nous avons trouvé deux erreurs. Deux, de deux types très différents : La première, c'est que Bizot faisait de très fréquentes requêtes sur un même compte. Non pas en y associant une opération bancaire de type crédit débit, comme il le faisait quotidiennement, parce que c'était son boulot, mais en requête passive. Comme s'il consultait ce compte. Qui plus est, les consultations au sens strict ont été effectuées la moitié du temps pendant l'heure de fermeture de l'agence, soit entre douze heures trente et quatorze heures.

— Mais il n'y avait jamais aucune écriture de passée sur ce compte ?

— Jamais ! Du moins pendant ces consultations. Bizarre, je vous l'accorde.

— Vous avez une idée du rythme de consultation ?

— Quasiment quotidienne ces quatre dernières semaines.

— À qui appartient ce compte ?

— À une certaine Catherine Salernes, demeurant 42 *bis*, rue de Tocqueville, dans le 17e arrondissement.

— La femme blonde ! C'est peut-être elle ! Et l'autre erreur, Grossman ?

— C'est sur le traitement de texte. C'était également enfantin, car il n'est jamais utilisé par un caissier de banque, sauf pour usage personnel, genre : organiser ses vacances ou écrire à son propriétaire... Enfin, vous voyez ce que je veux dire.

— Et là ?

— Là, il a été utilisé pour rédiger quatre courts messages, très explicites. Évidemment, aucun de ces messages n'a été sauvegardé, mais comme l'ordinateur stocke les informations par paquets de 512 octets, il suffit d'enregistrer n'importe quel message suivant pour que l'ordinateur mémorise en même temps les messages précédents. Un jeu d'enfant ! Nous vous avons tiré des copies de ces quatre messages ! Tenez, lisez...

— Tiens, tiens, un maître chanteur !

— Pensez-vous que les deux affaires soient liées, patron ? demande Joël à Masson.

— En ce qui me concerne, rien ne me permet d'établir un lien *de facto*, précise Grossman.

— Ça, mes gars, c'est l'enquête qui nous le dira ! On a de quoi faire ! Merci, Grossman, vous êtes un as ! »

En sortant, dans la nuit chaude de ce mois de juin, des locaux de la BCRCI, Masson est enthousiaste et prêt à travailler toute la nuit. Mais devant les visages consternés de ses hommes il comprend qu'à cette heure sa frénésie n'est pas partagée. Les quittant à regret, Masson hèle un taxi et se fait conduire à Saint-Germain-des-Prés. À la terrasse des *Deux Magots*, il commande une bière. Le liquide coule lentement dans sa gorge. L'écume amère de la bière lui caresse agréablement le palais, laissant à chaque gorgée cette impression fraîche de liberté estivale. Il regarde les passants et compte ceux qui sont seuls comme lui. Mais si tard dans la nuit, il y a surtout des couples qui, tendrement enlacés, sortent des salles de cinéma ou se baladent sans but. Il les envie un peu. Il pense à Joël dont la femme attend leur premier enfant, un garçon. Il est trop vieux, maintenant, pour que ça lui arrive... Lui, il a fait un choix, il y a vingt ans, quand il est entré dans la police. Maintenant, *too late* ! Les pensées de Masson se dirigent à nouveau vers son enquête. Il a hâte d'être au lendemain.

Elle essaie de toute la force de ses petites mains d'enfant de repousser la chose. L'horrible chose qui veut entrer dans sa bouche. Elle ne comprend même pas d'où ça sort. À chaque fois, ça vient si vite ! Elle a l'impression d'étouffer, la chose est au fond de sa gorge, mais pourquoi il crie ? Elle a tellement peur ! Elle aimerait appeler maman au secours ! Mais aucun son ne sort de sa bouche... La chose est chaude, elle a envie de vomir, elle veut lui dire, mais elle n'arrive pas à parler, il l'étouffe trop. Elle va mourir, c'est sûr !

Le même cri rauque sort impitoyablement du tréfonds de son corps pour venir s'éteindre sur l'oreiller. Elle s'assoit en sursaut dans son lit. Sa chemise de nuit et ses draps sont trempés. Elle frissonne de peur et de froid. Elle pose sa main sur sa bouche. Comme à chaque fois, elle crache pour enlever le mauvais goût de cette crème qui lui donne la nausée.

Virginie s'est un peu calmée. Son cœur bat moins vite. Elle sait maintenant que ce n'est plus qu'un cauchemar. Pourtant, elle n'arrive pas à se rendormir. Si maman disparaissait, tout recommencerait... Plus jamais je ne pourrais ! Non, plus jamais ça n'arrivera, maintenant maman n'a plus de raison de retomber malade et de disparaître. Il faut qu'elle se le mette dans la tête. Il faut qu'elle arrive à dormir. Tout est fini, maintenant... Maman sera toujours là...

Il est sept heures trente ce mercredi, quand Masson arrive à son bureau. Il avait besoin de mettre ses idées à plat avant l'arrivée de ses gars. Il a griffonné sur son cahier à spirale quelques interrogations, qu'il lit à voix haute devant Fred, Joël et Bertrand :

« Nous avons enfin un premier nom à relier à celui de Bizot : Catherine Salernes. Qui est cette femme ? Quel rapport entretenait-elle avec la victime ? Est-ce la fameuse femme blonde décrite par la gérante de l'hôtel, et si oui, est-ce que ce sont ses empreintes que nous avons relevées en plusieurs endroits de la chambre au miroir ?

« Fred, tu vas à la première heure à la banque voir Rebois... Je veux un maximum d'informations sur cette femme et sur son compte en banque. J'irai la voir en parallèle. Bertrand, tu continues à creuser du côté de Montmartre. Si on récupère tout à l'heure une photo de la blonde, tu pourras peut-être plus facilement réveiller les souvenirs. D'autant qu'on est déjà mercredi, les clients de l'hôtel vont bientôt partir...

— Samedi matin, chef, j'ai vérifié. On a de la chance, parce que c'est un groupe. Les Américains, je veux dire. Parce que pour les Japonais, il y a deux couples qui sont déjà partis et un qui part jeudi soir. Ils vont faire les châteaux de la Loire...

— Bon, bon, je me fous de ce qu'ils vont faire, mais je veux qu'avant leur départ tu presses leurs mémoires comme un citron ! D'autre part, poursuit Masson, on a vu que Bizot était un maître chanteur... Il a donné deux rendez-vous à l'*Hôtel de la Place*, à une femme, et il a exigé de cette même femme un certain nombre de choses. Cette femme est-elle venue aux convocations, a-t-elle satisfait à ses exigences ? Pour l'instant, nous ne sommes sûrs que d'une chose : une femme blonde est venue une fois au moins dans cette chambre 22. Remarquez bien, nous ne savons pas encore si Catherine Salernes et la femme blonde de l'hôtel ne font qu'une ! C'est d'ailleurs pour cela, Fred, que tu la fais *soft* avec Rebois : Personne ne doit être au courant de l'histoire du chantage ! »

À onze heures, Bertrand rappelle Masson, il est tout excité :

« Chef, ce n'est pas grand-chose, mais il y a une des Américaines qui me dit qu'elle a été bousculée par un gars, samedi après-midi, dans l'escalier de l'hôtel et qu'elle ne l'a jamais revu.

— Et pourquoi elle ne t'en a parlé qu'aujourd'hui ?

— Elle dit qu'elle venait d'arriver à Paris, et que sur le coup elle pensait que c'était un client, mais qu'ensuite elle ne l'a jamais revu...

— Elle t'a fait un descriptif ?

— Pas très précis, mais il s'agirait d'un homme jeune... Elle a dit "de race blanche"...

— Ouais ! On n'est pas aux States ici ! À part ça ?

— Quoi à part ça ?

— À part qu'il soit jeune et blanc, elle t'a dit autre chose ? Et les gérants, ils voient qui c'est ?

— Il y a le cuisinier, mais il n'est là que le matin, pour le petit déjeuner.

— Et alors, il aurait pu être là samedi après-midi, non ?

— De toutes les façons, ce n'est pas lui, parce que je l'ai montré à l'Amerloque ce matin ! Elle est formelle, parce qu'elle a dit qu'elle a manqué de tomber dans les escaliers, elle est très grosse, vous comprenez... Et elle a dit qu'il ne s'était pas excusé, qu'il courait...

— Bon, Bertrand, prends sa déposition et ses coordonnées, il y a Fred qui vient d'arriver. Au fait, quand quitte-t-elle l'hôtel ?

— Samedi...

— Bon, à plus tard. Alors ? »

Masson se retourne vers Fred, le regard avide de nouvelles.

« Ben, *a priori*, femme sans histoires. C'est une cliente de l'agence depuis sept ans, elle est commerçante rue de Sèvres.

— Commerçante ? Quel commerce ?

— Au 76, une boutique de cadeaux... Et elle est blonde, chef ! » Fred sourit, heureux de sa dernière sortie.

« Mais, c'est parfait, ça ! Je vais aller y faire un petit tour ! C'est donc son compte professionnel qui était consulté ?

— Ben, non ! Justement, c'était son compte personnel !

— Ah oui ? Et pas son compte professionnel ? » Masson est étonné.

« Non !

— Que t'a dit Rebois, à part ça ?

— Qu'il ne comprend pas ! Qu'à sa connaissance, Mme Salernes et Xavier Bizot n'entretenaient pas de relations personnelles, à part qu'il était caissier et qu'elle vient tous les jours déposer ses chèques à la banque. Il m'a dit que c'est une femme très bien... rien de particulier.

— Bon, eh bien, je vais aller voir ça de plus près. En attendant, tu me décortiques les deux comptes au centime près, et tu me fais une sortie papier des relevés depuis un an. Prends-moi également toutes les informations sur la boutique, combien elle la loue, depuis quand, et à qui. Je veux également connaître le montant du droit au bail et quel type de montage financier a été mis en place, c'est-à-dire prêt bancaire via le Crédit Lyonnais ou n'importe quelle autre banque, etc. Enfin, tu vois... Allez, ciao !

— À tout à l'heure, chef ! »

Quand Masson pénètre au 76, rue de Sèvres, Catherine a immédiatement l'intuition qu'il ne s'agit pas d'un client ordinaire. Son cœur bat à tout rompre, elle a l'impression de rougir violemment. Pourtant, elle répète depuis quatre jours et quatre nuits déjà ce qu'elle dirait si la police venait la trouver. Masson s'est présenté. La femme a l'air étonné. Elle lui propose, fort aimablement, de prendre un siège. Une cliente vient d'entrer. Catherine Salernes lui consacre toute son attention, laissant un moment Masson à ses pensées. Cette femme est belle. Incontestablement. Elle est blonde et elle est élégante. Elle pourrait correspondre au vague descriptif de la mère Aurèle. De toutes les façons, il existe bien un lien, quel qu'il soit, entre Xavier Bizot et Catherine Salernes. La cliente vient de partir. La commerçante a fait une vente.

« Excusez-moi, inspecteur, de vous avoir fait attendre. En quoi puis-je vous être utile ? »

La femme vient de s'asseoir derrière son bureau, elle lui sourit, elle est calme. Combien de fois Masson a-t-il entendu cette phrase, lancée innocemment par des centaines de criminels au début d'une rencontre ? Il pourrait décrire, les yeux fermés, les regards étonnés et sincères de ces êtres dont les actes furent souvent noirs. Pourtant, tout au long de sa carrière, il n'a cessé d'appliquer cette fameuse présomption d'innocence que les médias brandissent souvent sans la respecter eux-mêmes, et qui lui est si chère. Cette femme est-elle son assassin ?

« Peut-être en avez-vous eu vent... Un employé de votre banque, le Crédit Lyonnais, a été retrouvé assassiné samedi soir...

— Mon Dieu... Il a été tué dans l'agence ? »

Si cette femme sait quelque chose, elle semble habile. Attention aux yeux bleus, Masson, ça te rend sensible !

« Non. Dans un hôtel, à Montmartre.

— C'est monstrueux ! Mais en quoi puis-je vous être utile ?

— Vous savez de qui il s'agit ?

— Mais comment pourrais-je ? » Le ton est indigné. Elle a cru que je lui demandais si elle avait une idée sur l'identité de l'assassin... « Non ! » reprend-elle plus calmement. Elle vient de comprendre le sens de ma question. Catherine hésite quelques secondes, puis reprend d'une voix à peine voilée : « Mais, à la réflexion, le caissier n'était pas là, hier, ni ce matin, lorsque je suis venue déposer mes chèques. C'est lui ?

— Probablement. Il était caissier. »

Masson aime faire durer les silences de ses premiers interrogatoires. Il évalue mieux ses suspects.

« Pauvre homme ! Il était si gentil ! C'est affreux ! » Catherine Salernes frotte ses mains l'une contre l'autre, nerveusement, sans même s'en apercevoir. Elle sait qu'elle doit encore dire quelque chose, mais elle n'arrive pas à rassembler ses idées. Elle ne peut tout de même pas pleurer sur le destin de cet homme, point trop n'en faut, mais elle sent imperceptiblement que l'inspecteur en face d'elle attend quelque chose d'autre. Certes, elle doit se montrer choquée. C'est ce qu'elle vient de faire. Que doit-elle encore dire ? Elle regarde la porte d'entrée qui reste désespérément close. La tête de Catherine est vide.

« Et pourquoi a-t-il été tué ? ajoute-t-elle enfin dans un souffle.

— C'est ce qu'on cherche à savoir. Lorsqu'on aura le mobile, on aura l'assassin.

— Bien sûr ! »

La seconde de silence qui suit cette affirmation est intenable.

« En quoi puis-je vous être utile ? reprend Catherine. Vous savez, je ne vois pas tout de ma boutique, il y a tellement de gens le samedi... Et d'ailleurs, s'il n'a pas été tué à la banque, je vois encore moins comment j'aurais pu être témoin de quelque chose. »

Habile la petite, un point partout ! Méfie-toi des yeux bleus, mon gars...

« Vous le connaissiez bien, Xavier Bizot ?

— Bien, non ! Je ne connaissais même pas son nom, c'est vous dire, vous venez de me l'apprendre ! Mais je le voyais tous les jours, puisque je vais porter ma recette tous les matins à dix heures. C'était juste bonjour, au revoir. On parlait de la pluie et du beau temps...

— Pourtant, il semblait s'intéresser beaucoup à vous.

— Ah oui ? Et pourquoi dites-vous cela ? » Catherine Salernes est raide sur sa chaise, le ton de sa question sonne étrangement faux.

« Parce qu'il consultait quotidiennement votre compte personnel, sans motif professionnel. En votre absence. Je veux dire que ce n'était pas lié à son activité de caissier.

— Ah bon ! Mais pourquoi faisait-il cela ? » Masson est pris de court, elle a l'air sincèrement étonné... ou alors, elle est meilleure actrice qu'il ne le pensait.

« Justement, je me disais que vous auriez peut-être une petite idée...

— Mais pas du tout ! »

Tiens, elle semble contrariée.

Catherine ne s'attendait pas à ce que les événements prennent cette tournure. Pourquoi ce monstre immonde interrogeait-il son compte ? Elle regarde Masson droit dans les yeux.

« Peut-être consultait-il d'autres comptes ? ajoute-t-elle.

— Non, le vôtre uniquement.

— Écoutez, je suis désolée, mais je ne vais pas pouvoir vous aider davantage. Je suis peinée pour ce pauvre homme, mais… »

Elle se lève, elle semble vouloir donner congé à Masson.

« Que faisiez-vous samedi dernier entre dix-sept heures et dix-neuf heures ? »

Elle n'a pas le moindre battement de cils, mais sa voix est sourde lorsqu'elle lui répond :

« Monsieur, le samedi, je travaille. Je ferme à dix-neuf heures et je rentre chez moi.

— Et ce samedi ?

— Ce samedi a été comme tous les autres samedis, inspecteur. »

Elle vient d'ouvrir la porte vitrée, fait mine d'aérer la boutique et retourne à son bureau, prenant et déposant sans logique des papiers qui traînent sur le plateau.

« Je vous remercie, madame Salernes. »

Elle lui sourit à nouveau, soulagée de le voir enfin partir, mais se rembrunit immédiatement, lorsque Masson poursuit de sa voix la plus douce :

« Voici mes coordonnées… Je vous demanderai de bien vouloir rester à la disposition de la police le temps de l'enquête et de m'avertir si vous aviez à quitter Paris, même pour une journée. »

En rentrant quai des Orfèvres, Masson est satisfait de voir Fred plongé dans des listings du Crédit Lyonnais. Bien qu'il n'en connaisse pas encore la conclusion, il se réjouit que l'enquête ait enfin démarré. Il sait que tout se dénouera peu à peu, les pièces du puzzle s'emboîteront, même si, en cours de route, un doublon ou une pièce manquante peuvent tout remettre en question. C'est toujours comme ça, une enquête. Mais ils n'en sont pas encore là. Pour l'instant, la machine s'est mise en branle. Et Masson aime se bercer de la musique des premiers rouages qui s'imbriquent doucement les uns dans les autres.

« Alors, Freddy, tu trouves quelque chose ?

— Pas encore, chef, je commence juste ! Mais, bon, à première vue, le compte perso ressemble à un compte de nana... Une nana qui n'a pas son loyer à payer, ni l'électricité ni le téléphone... Enfin, vous voyez le genre ! À propos, elle est comment, Catherine Salernes ? »

Joël et Bertrand lèvent simultanément la tête pour entendre Masson leur répondre :

« Elle est comme tu dis ! C'est une nana qui n'a pas de loyer ni d'électricité ni de téléphone à payer. C'est une belle bourgeoise.

— Belle ? Vraiment ? »

Joël n'a pas l'habitude d'entendre son patron émettre des jugements sur la beauté des femmes. Il insiste : « Vous voulez dire baisable ?

— Baisable aussi, *a fortiori* ! Mais j'ai juste dit belle ! Et bourgeoise. C'est-à-dire, dans le cadre de notre enquête », Masson lance un clin d'œil amusé à Joël, « elle est aux antipodes de ce pauvre Bizot !

— Ou de sa femme ! lance Fred.

— Ou de sa femme, tu as parfaitement raison ! » Masson tente de superposer les images des deux femmes. Pas le moindre millimètre carré ne se recoupe. C'est fou ce que deux êtres peuvent être différents, se dit-il. Il pense tout à coup à la réplique de cette pauvre Josiane Bizot lorsque Fred et lui sont venus lui annoncer la mort de son mari, et un fou rire, accru par le souvenir du ricanement nerveux de son assistant, le prend subitement.

« Pourquoi vous riez, chef ?

— Pour rien, pour rien... »

Avant de quitter sa boutique, Catherine téléphone à Olivier.

« La police est venue me voir ce matin. »

À l'autre bout du fil, Olivier est muet.

« Tu ne dis rien ? » Elle vient de le tutoyer pour la première fois, elle s'en rend compte et elle se dit que c'est un mauvais présage.

« Et pour quelle raison la police est venue te voir ? »

Le ton d'Olivier est ironique et agressif.

« Olivier, arrête, c'est ridicule...

— Et que leur as-tu dit ?

— Rien. Je ne leur ai rien dit, justement... Que je ne le connaissais pas. Il paraît qu'il consultait mon compte bancaire tous les jours. Tu entends ? C'est dingue, non ?

— Mais qu'est-ce que tu veux que ça me foute, Catherine ?

— À la fin, tu es méchant ! » Catherine pleure au téléphone. « Quand nous verrons-nous ?

— Nous nous sommes déjà vus, non ?

— Pas aujourd'hui. Et nous n'avons pas fait l'amour... depuis samedi.

— Quelle coïncidence ! » Le ton d'Olivier est amer.

« Je t'aime, mon amour. Ne me quitte pas déjà. Ne me quitte pas maintenant.

— Catherine, je n'ai pas envie de te voir. Ni maintenant ni jamais.

— Est-ce que tu m'aimes encore ? » Catherine sanglote.

« Je ne sais plus... Je ne sais pas.

— Je t'en prie, laisse-moi venir... Juste pour te voir.

— Pas ce soir, Catherine. À propos, le double de ma clef... J'aimerais le récupérer.

— C'était la première fois que je l'utilisais, je te promets ! Veux-tu que je l'apporte maintenant ?

— Non. Tu la mettras dans ma boîte aux lettres.

— Quand nous reverrons-nous ?

— Je ne sais pas. Le premier de chaque mois, pour régler mon loyer !

— Tu ne peux pas me quitter comme ça. C'est cruel !

— Et pourquoi pas ? Estime-toi déjà heureuse !

— Parce que je ne t'ai rien fait ! Parce que j'ai tout foutu en l'air pour toi ! »

Catherine crie, elle se mouche bruyamment avec un morceau de papier hygiénique qu'elle vient de prendre dans les toilettes, elle continue de sangloter.

« Il fallait y penser avant, Catherine. Et je ne t'ai jamais demandé de tout foutre en l'air pour moi ! Jamais ! »

Olivier a raccroché. Catherine s'est assise par terre dans son arrière-boutique et pleure comme une enfant abandonnée. Elle ne voit pas d'avenir sans Olivier. Elle pense au jour où il l'a prise sur cette table. Comme c'était bon ! Il n'a pas le droit de la quitter de cette façon ! Ils partagent le même secret... C'est trop injuste ! Elle pleure ainsi jusqu'à huit heures du soir, puis, vidée et désespérée, elle rentre chez elle. À temps pour le dîner.

À la réunion de jeudi matin, Masson donne ses ordres sur un ton nerveux. Pour lui, chaque jour qui passe représente une avance pour le criminel.

« Bertrand, tu appelles gentiment Mme Salernes et tu lui demandes de passer ce matin au bureau pour une photo anthropométrique et un relevé d'empreintes.

— Elle va me dire qu'elle ne peut pas fermer la boutique.

— Je m'en fous ! Au plus tard à l'heure du déjeuner. Et toi, Fred, si je comprends bien, tu n'as rien trouvé de particulier sur ses comptes ?

— En tout cas, rien dans le sens que vous évoquiez, c'est-à-dire, mouvements de sommes d'argent, transferts sur un autre compte, etc. Non, j'ai juste remarqué une augmentation des dépenses ces derniers mois...

— Les femmes dépensent toujours plus au printemps ! »

Fred ne répond rien, mais il se demande ce que connaît Masson des femmes et du printemps. Il insiste : « Si je compare à la même période l'année précédente, les dépenses sont plus importantes.

— Et tu en déduis quoi ?

— Rien, chef.

— Alors, ne m'en parle pas si tu ne peux rien en déduire ! » Masson regrette immédiatement cette sortie car il est le premier à encourager ses gars à évoquer les plus petits détails. Si l'un d'entre eux n'y voit pas de signification, l'autre y verra peut-être une interprétation pertinente. « À part ça ? poursuit-il, l'air bourru.

— Elle perçoit un chèque de 3 500 francs tous les mois. Depuis quatre mois. Avant, elle percevait la même somme, mais par virement.

— Quelle est l'origine de ce chèque ?

— J'ai pensé à un loyer parce que, au moment des virements, ça venait pile-poil le premier de chaque mois. Mais les chèques ont été encaissés à des dates irrégulières.

— Peut-être qu'elle a moins besoin d'argent ? hasarde Bertrand. Si elle dépense plus que l'année dernière et qu'elle n'est pas pressée de mettre un chèque en banque...

— En tout cas, c'est pas mon proprio qui remettrait mon chèque de loyer le dix du mois !

— Quand as-tu l'information sur l'émetteur du chèque ?

— Dans la matinée.

— Bon, on attend. Rien d'autre ? Pas de signalement plus précis du côté de l'Américaine ?

— Non, chef !

— OK ! À tout al ! »

Ce matin, Catherine est la première à entrer dans la cuisine. Elle précède de quelques minutes son mari, puis son fils. Jean vient d'allumer la radio. Le café, programmé à huit heures, coule, mousseux, dans la cafetière. L'odeur des eaux de toilette mêlées de Jean et de Thomas donne la nausée à Catherine. La tête lui tourne. Elle ne dort plus la nuit, partagée entre le remords et le chagrin. Elle resserre sa robe de chambre et se verse une tasse de café. Elle croise le regard étonné de Thomas qui l'a toujours vue prendre du thé. Elle soutient son regard, l'air de dire et alors ? Et boit la première gorgée. Le goût du café est amer dans sa bouche. Il est mauvais comme la première taffe de cigarette qu'aspire l'adolescent, mais excitant comme le sont le changement et la liberté.

Depuis qu'elle s'est refusée à Jean dans sa chambre l'autre soir, il ne lui adresse plus la parole. Elle le regarde tartiner son toast et lire son journal. Il semble imperturbable et son regard est glacial. Catherine le trouve vieux et laid. Il ressemble de plus en plus à bonne-maman. Pour la première fois, elle sent qu'elle le déteste. Avant, il lui était simplement indifférent.

Virginie n'est pas encore là. Catherine est étonnée. Elle se lève et entre dans sa chambre. La jeune fille est dans son lit, les yeux grands ouverts. Elle a pleuré. Catherine s'assoit à côté d'elle et lui caresse les cheveux.

« Il est huit heures et demie, tu n'as pas cours ?

— J'ai terminé mes examens, je suis en vacances. »

Le ton de Virginie est plein de reproches enfouis. Pourtant, sa mère ne semble pas s'en apercevoir.

« Déjà ! Comme le temps passe vite… Et ton frère, alors ?

— Demande-lui ! Nous ne faisons pas les mêmes études !

— Mais je le sais bien, ma puce ! Qu'as-tu ? Tu as refait tes horribles cauchemars ?

— Laisse-moi, je suis simplement fatiguée. »

Catherine n'a jamais compris sa fille. Du reste, elle y a renoncé depuis longtemps. Elle se lève et retourne dans sa chambre.

« Je la hais ! se dit Virginie. Je l'aime et je la hais en même temps ! Je ne supporte plus son regard innocent maintenant qu'elle baise avec ce con ! Je la hais ! Je hais les hommes ! »

Catherine est encore en robe de chambre. Depuis dix minutes, elle reste debout, devant le miroir de son armoire. Elle n'a plus le goût ni de s'habiller ni de travailler. Elle songe alors à l'inspecteur qui est venu l'interroger la veille et elle se répète que rien ne doit changer dans son comportement. Elle entre à pas lourds dans sa salle de bains et fait tourner le robinet d'eau chaude, puis celui d'eau froide. Elle se glisse dans la baignoire. Elle n'a pas pensé à y verser ses huiles parfumées. Elle ferme les yeux et pousse un long soupir. À quoi bon poursuivre ces mensonges si Olivier ne veut plus d'elle ? Tout est si difficile…

Vers midi, Masson franchit le porche du 20, rue Saint-Jean-Baptiste-de-la-Salle. Une femme sort de sa loge et le questionne du regard. Masson se présente.

« À cette heure-ci, il est sorti, lui répond-elle.

— Vous en êtes sûre ?

— Je lui ai parlé ce matin, vers huit heures et demie. Il est parti pour ses cours. Il est professeur.

— Et vous savez à quelle heure il revient ?

— Le jeudi, à treize heures. Mais pour une petite heure.

— Je repasserai. Vous connaissez sa propriétaire, Mme Salernes ?

— Bien sûr ! »

Le regard de Mme Roux est tendu. Elle semble vouloir ajouter quelque chose, puis se ravise.

« Oui ? Vous vouliez dire quelque chose ?

— Non... Il est arrivé quelque chose à Mme Salernes ?

— ...

— Parce que je ne l'ai pas vue hier...

— Vous la voyez tous les jours ? »

Mme Roux est sur la défensive. Elle sent qu'elle n'aurait pas dû dire ça.

« Oui.

— Et que vient-elle faire, ici, tous les jours ?

— Elle vient voir M. Olivier...

— Mais hier, elle n'est pas venue ?

— Non...

— Et mardi ?

— Elle est passée. En fin de journée.

— Et d'habitude ?

— D'habitude, elle vient à l'heure du déjeuner.

— Et lundi, alors ?

— C'est pareil, elle est venue, mais M. Olivier est parti tôt.

— Toujours à l'heure du déjeuner ?

— Non, le lundi, ils ont la matinée... Jusqu'à trois heures. La boutique est fermée... »

Mme Roux s'en veut un peu de tout raconter, mais enfin c'est un flic. Pourtant, elle l'aime bien ce petit couple, surtout M. Olivier, il est tellement mignon ! Depuis qu'elle partage un peu leur secret d'amoureux, ça l'a même rapprochée de Mme Salernes. Entre femmes, on se comprend. D'autant qu'elle aurait bien aimé vivre la même aventure, surtout avec un petit jeune.

« Je vais me permettre d'attendre un peu chez vous, fait Masson en pénétrant dans la pièce... Comme cela, je le verrai arriver... Et puis vous allez pouvoir m'en dire un peu plus... Quel est votre nom, à propos ? »

La porte se referme doucement, laissant entrevoir deux silhouettes assises derrière le voilage à fleurs. La lumière du vestibule vient de s'éteindre. Mme Roux ne déjeunera pas à l'heure.

À peine Olivier a-t-il refermé la porte d'entrée qu'il entend déjà la sonnette retentir. Il sent que Catherine ne le lâchera pas facilement. Il a sous-estimé sa pugnacité. Il a d'autant plus l'impression d'étouffer qu'il ne voit pas comment il pourrait se soustraire à cette femme, maintenant qu'ils partagent ce monstrueux secret. Depuis ce samedi où tout a basculé, il comprend douloureusement combien l'amour et la haine peuvent se confondre. On glisse d'un sentiment à l'autre, comme ça, sans prévenir, sans qu'aucune antichambre émotionnelle ne s'interpose. C'est cela qui lui est insupportable : être passé en quelques heures d'un sentiment amoureux qui l'enveloppait délicieusement jusqu'à pénétrer ses rêves, à un sentiment de haine qui ne cesse de tourmenter son esprit, tel un mal sournois qui vient sans répit creuser davantage la plaie ouverte et purulente des sens. C'est comme si son cœur s'était hérissé de pointes menaçantes et vengeresses alors qu'il avait été quelques heures avant gonflé d'émotion et de tendresse infinie. Olivier ouvre grand la porte, l'air passablement en colère et décidé cette fois à récupérer sa clef, lorsqu'il s'arrête net dans son élan, décontenancé par la stature de Masson qui obstrue l'entrée.

Pour permettre à l'inspecteur de s'asseoir, Olivier a dégagé le fauteuil encombré de dossiers qu'il a posés, dans un geste désordonné, sur le lit. Les hommes se regardent en silence, chacun évaluant son interlocuteur en se demandant comment aborder le dialogue. Masson est étonné. Comme Catherine la première fois qu'elle a vu Olivier, il ne s'attendait pas à trouver devant lui un professeur aussi jeune. Il pense à ses vingt-cinq ans, mais ne retrouve aucune amante qui eût l'âge de Catherine Salernes. *Too late*. Il aurait bien aimé.

« Une passion, j'imagine ?

— Je vous demande pardon ?

— Oui ! Mme Salernes et vous...

— Je suppose, inspecteur, que vous ne venez pas chez les gens dans le but de définir les relations privées qu'ils entretiennent !

— Détrompez-vous ! C'est parfois primordial pour comprendre une histoire.

— Alors, Mme Salernes est bien ma maîtresse.

— Elle l'est toujours ?

— Pourquoi ne le serait-elle plus ?

— Depuis quelques jours, depuis samedi, très exactement », Masson voit le visage du jeune homme tressaillir, « il semblerait que vos rencontres se soient espacées...

— Ma vie sexuelle vous intéresse ? »

Le jeune homme se veut provocant, mais Masson devine, derrière le masque, la terreur. En filigrane, transparaît un enfant anéanti par l'angoisse et le désespoir. Il le sent immédiatement.

« D'une certaine façon », répond Masson. Le ton volontairement sévère qu'il a adopté lui procure une fugitive bouffée de remords, mais il poursuit : « Que faisiez-vous samedi dernier entre dix-sept heures et dix-neuf heures ?

— Pourquoi ?

— C'est moi qui pose les questions, jeune homme. Il y a eu un crime. La victime semble liée à votre maîtresse, c'est aussi simple que cela.

— Et de quelle façon ?

— Je pensais que vous alliez me le dire.

— Je ne sais pas de quoi vous parlez !

— Alors, faut-il répéter ma question ?

— Samedi, je me baladais…

— Seul ?

— Oui.

— C'est très ennuyeux. Dans quel quartier ?

— À Saint-Germain, dans le quartier, un peu partout…

— C'est très ennuyeux », répète Masson en fixant le jeune homme. Olivier a pâli. Son visage se ferme, l'air sombre.

« Vous allez venir avec moi quai des Orfèvres… Une petite photo… Un relevé d'empreintes… Il y en aura pour une petite demi-heure.

— Maintenant ?

— J'aime autant. »

Olivier prend son blouson en jean, ses clefs et ses papiers. Il suit en silence Masson dans l'escalier. Il sent la peur immense envahir son être.

Bertrand est assis devant la table sur laquelle il a posé les photos de six hommes, de face et de profil. Masson est debout derrière lui, dans le petit salon de l'*Hôtel de la Place*. Susan Johnson vient de descendre de sa chambre. Son pas est léger malgré son poids. Elle est rentrée d'une excursion en bateau-mouche, il y a à peine une demi-heure. Il fait très chaud dans l'hôtel. Elle tient une cannette de soda à la main et se rafraîchit le visage en la roulant doucement sur sa joue. Susan est chef de rayon dans un grand magasin de Philadelphie. Elle est venue avec sa sœur. C'est leur premier voyage en Europe. Elle s'approche des deux hommes et leur serre la main. Elle prend à cœur son rôle de témoin. Bertrand lui montre le fauteuil à sa gauche. Elle fait mine de s'y asseoir, puis se ravise. Elle se penche vers les photos étalées sur la table et pointe du doigt le portrait portant la lettre F. Elle n'hésite pas. C'est lui ! Elle est contente d'avoir pu aider la police française ! Elle aimerait savoir si c'est bien lui, le criminel. Masson la remercie. Il prend la place de Bertrand pendant que ce dernier raccompagne Susan. Il ramasse les photos et place celle d'Olivier Grancher au-dessus des autres. Elle porte la lettre F. Bertrand est revenu avec Christine Aurèle. Elle avait bien reconnu le visage de Catherine Salernes mais reste impassible lorsque Masson lui tend la photo d'Olivier Grancher.

« Non, ça ne me dit rien !

— Une question, madame Aurèle : Vous m'aviez bien dit que Xavier Bizot avait également réservé les chambres le lundi précédant le crime ?

— Oui...

— Le lit avait bien été défait ? Je veux dire, la chambre avait servi ? Le jour où vous avez vu la femme blonde », insiste Masson, comme pour être sûr que la mère Aurèle a bien compris.

Bertrand regarde furtivement Masson, son cœur chavire à l'idée qu'ils ont tous oublié de faire cette vérification...

« J'ai bien compris, inspecteur ! Non, la chambre était nickel !

— Et alors, ça ne vous a pas étonnée ? » Le ton de Masson est furieux.

« Si ! Mais vous ne m'avez pas posé de question à ce sujet...

— Et alors, à quoi ça sert que je laisse ma carte ? Vous ne l'avez pas assez vu fouiner tous les jours dans votre hôtel », il montre Bertrand du menton, « pour que ça ne vous rafraîchisse pas la mémoire ? » La femme baisse les yeux, embarrassée. Masson poursuit : « Elle était vraiment nickel, cette chambre ? Je veux dire la femme n'aurait pas pu faire le lit ? Avant de partir ? »

Christine Aurèle regarde Masson, l'air surpris.

« Écoutez, j'ai été suffisamment étonnée pour en être sûre. Les draps n'ont pas été défaits. J'ai vérifié. J'ai retendu le couvre-lit car ils s'y sont allongés... Ça, c'est sûr... En tout cas, reprend-elle comme si elle lisait dans les pensées de Masson, s'ils ont fait l'amour sur le couvre-lit, moi je ne me suis aperçue de rien ! Et ils n'ont pas touché au lavabo, ni au bidet...

— Vous avez loué la chambre, les jours suivants ?

— Non.

— Pourquoi ?

— Parce qu'on n'était pas complet.

— Mais vous avez refait le ménage entre le lundi et le samedi ?

— Ce n'est pas moi qui fais le ménage... » Masson lève la tête, elle commence à le gonfler cette maquerelle ! « Enfin, non, le ménage n'a pas été fait », rectifie-t-elle. Masson lui a fait peur... « Puisque tout était propre ! On a assez à faire comme ça, pour ne pas en rajouter ! »

« Putain, ce que je suis con ! » crie Masson en sortant de l'hôtel avec Bertrand. Ils se dirigent vers un café de la rue Lepic et s'assoient à une terrasse.

« Enfin, ça ne change pas grand-chose, patron, dit gentiment Bertrand. Et puis, ajoute-t-il en avalant sa salive, dans ces cas-là, on est tous cons !

— Bien sûr qu'on est tous cons, et toi le premier ! »

Bertrand allume une cigarette. Quand Masson est de cette humeur, il sait qu'il vaut mieux faire profil bas et attendre que l'orage passe... « Bon ! Et ça nous donne quoi ? » ajoute-t-il quelques minutes après comme pour relancer un débat que Masson, concentré dans ses pensées, semble avoir enterré.

« Cela veut dire : Primo, qu'ils n'ont jamais fait l'amour, même pas le lundi. Quant à s'allonger gentiment à deux sur le lit, sans baiser, j'y crois encore moins. C'est uniquement dans la tête de la mère Aurèle que ça s'est passé comme ça. D'ailleurs, si les messages deux et quatre s'adressaient bien à Catherine Salernes, ça confirme qu'elle obéissait à des ordres, mais qu'elle n'était pas consentante ! Deuzio, poursuit Masson, cela veut dire que les empreintes qui appartiennent à Catherine Salernes et que nous avons retrouvées dans la chambre peuvent très bien dater du lundi, mais pas nécessairement du jour du crime.

— Ou inversement.

— Évidemment ! Sauf que le lundi, on est sûrs qu'elle est venue. Par contre, le petit professeur, dont on peut maintenant affirmer qu'il était dans l'hôtel samedi dernier, a pris soin d'effacer ses empreintes ! Souviens-toi que nous n'avions qu'une empreinte inconnue et on sait maintenant que ce sont celles de Catherine Salernes.

— De toutes les façons, les deux mentent, non ?

— Affirmatif !

— Alors, ils sont complices ?

— Ça se pourrait bien ! Mais le mobile ?

— Ben ! le chantage... Elle avait un amant...

— Mais qu'est-ce que tu fais de la consultation quotidienne du compte bancaire, dans ce cas-là ? C'est ça qui me chagrine ! J'en reviens toujours à la même chose ! »

Ce jeudi, à trois heures de l'après-midi, tout est calme chez les Salernes. C'est le jour de l'argenterie. En temps normal, Henriette est seule à la maison, mais en cette fin d'année scolaire, les enfants sont présents. Virginie n'a pas quitté sa chambre de la journée, sauf pour déjeuner à la cuisine avec son frère. Le repas du soir mijote doucement dans la grosse marmite en fonte noire. C'est un ragoût. Henriette a étalé sur la grande table de la cuisine tous les plats en argent et la ménagère. Elle porte des gants en caoutchouc et a posé une pile de chiffons à côté du produit nettoyant. On n'entend que le tic-tac régulier de l'horloge de la cuisine et le bruissement du chiffon allant et venant au rythme du souffle fatigué d'Henriette.

Thomas est dans sa chambre. Il s'est enfermé à clef. Assis devant le petit secrétaire qui a appartenu à son grand-père, il actionne l'ouverture du tiroir à secrets. Il saisit une pochette en papier kraft et en sort des photos Polaroïd. Il les regarde attentivement et soupire. Il reste longtemps immobile, le visage grave, comme s'il avait à prendre une décision. Puis il s'empare d'une feuille de papier à lettres et commence à former de sa belle écriture : « Chère maman... » Son stylo reste suspendu en l'air un long instant, douloureux, comme si l'inspiration ne venait pas, étouffée par le manque de courage, puis, dans un mouvement de rage, il froisse le papier et le jette en boule dans la corbeille. Il reprend une nouvelle feuille et recommence à écrire : « Mon amour... » Thomas est de dos, on ne voit plus ce qu'il écrit, mais il reste courbé devant sa feuille, seul avec ses secrets, ses rêves et ses douleurs cachés.

Henriette s'est levée d'un pas lourd. Elle pose l'escabeau devant le grand placard de l'office et, avec une petite clef accrochée à son cou par un ruban de satin blanc, elle ouvre le battant du haut. Chaque jour, le cœur serré, elle vérifie, en palpant l'objet à travers le tissu, que tout est bien en place. Elle range l'escabeau dans le placard à balais et soulève le couvercle de la marmite : elle tourne le ragoût avec sa grosse cuillère en bois et le goûte du bout des lèvres. Mais le cœur n'y est plus. Elle allume la radio et se remet à son argenterie.

Olivier n'est pas retourné travailler après avoir quitté le quai des Orfèvres. Il sait qu'il est piégé et, quoi qu'il dise à la police, il a malheureusement le profil du suspect idéal. Il aimerait pouvoir revenir quelque trois mois en arrière, lorsque, à la recherche d'un logement à côté de Sciences po, il avait hésité entre le studio de la rue Saint-Jean-Baptiste et le deux-pièces de la rue Mazarine. Mais il avait été séduit par la proximité immédiate de l'école, et par le fait que le studio, agréablement décoré, était parfaitement équipé. S'il avait choisi l'autre logement, rien de tout cela ne serait arrivé et son seul souci à l'heure actuelle aurait peut-être été de tenter de s'extirper des mailles d'un filet tissé par une petite amie trop amoureuse.

S'il n'avait pas caressé les seins de Catherine Salernes, rien ne serait arrivé. S'il ne l'avait pas aimée, ne supportant plus de la voir souffrir, funambule en fragile équilibre sur le fil de sa vie, rien ne serait arrivé. Mais quel autre choix avait-il eu ce fatidique samedi, lorsqu'il était sorti du métro Abbesses ? Il était décidé à régler ses comptes avec cet homme, pour que plus jamais il ne vienne détruire celle dont il aimait profiter du corps. Au moment où il pense cela, Olivier a honte. Il sait qu'il raisonne déjà avec le cœur de celui qui n'aime plus. Car en voyant Catherine pour la première fois, et bien qu'il ait violemment voulu la posséder, il avait été d'emblée touché par sa fragilité et sa solitude derrière son froid maintien. D'une certaine façon, il était tombé éperdument amoureux de Mme Salernes dès le premier instant.

« J'étais amoureux, inspecteur... Je ne sais pas si vous pouvez comprendre ! tente d'expliquer Olivier à Masson, revenu l'interroger à son domicile. Non ! je n'étais pas manipulé ! Je sais ce que vous croyez, mais elle n'avait rien d'une femme fatale. Elle était pure et innocente. J'ai pensé qu'elle allait en mourir, elle était si fragile. Et elle avait tellement peur. Elle disait que son mari la répudierait.

— Il était au courant ?

— Pas à ma connaissance. Mais son fils, lui, savait. Lorsque sa mère a été malade, après le premier rendez-vous à l'hôtel, j'ai téléphoné chez eux. J'étais trop inquiet. Je ne savais pas ce qui s'était passé, je n'étais au courant que des lettres anonymes, pas encore du rendez-vous à l'hôtel. Thomas m'a demandé si c'était moi qui faisais souffrir sa mère. Il a compris que nous nous aimions, puisque c'est lui qui a dit à leur bonne d'accompagner Catherine chez moi.

— La bonne a accompagné sa maîtresse chez son amant avec la bénédiction du fils ?

— Ben, il faut croire...

— Ça ne vous a pas dérangé, tout ça ?

— Je ne pensais qu'aux lettres. C'est ça qui me faisait peur.

— Vous aviez peur ?

— Oui. Mais j'étais aussi furieux contre ce type, surtout lorsqu'il y a eu ce deuxième rendez-vous. Comment vous dire ? J'ai eu l'impression qu'elle devenait folle... Elle riait très fort, elle disait qu'elle était une salope éc... Enfin, une salope, à cause du premier envoi anonyme, vous comprenez ? Ça lui a fait un choc, parce que... Bon, bien sûr, elle trompait son mari avec un jeune, mais d'une certaine façon, j'étais plus mûr qu'elle. C'est moi qui lui ai tout appris. C'est pour cela que l'insulte l'a tellement bouleversée. Elle était tellement… » Olivier cherche ses mots, « tellement… morale, presque prude !

— Enfin, tout de même, jeune homme ! » Masson est amusé, mais il ne le montre pas.

« Je vous assure, elle était presque vierge, inspecteur… Enfin, vous ne pouvez pas comprendre !

— Racontez-moi encore… Il était environ cinq heures et demie, c'est bien ça ?

— C'est cela, inspecteur ! Cinq heures et demie, six heures moins le quart… Comprenez-moi, je voulais juste lui faire peur, peut-être lui casser la gueule. J'étais comme un fou en sortant de la pièce. J'étais paniqué, je n'ai pas tout de suite compris. D'ailleurs je n'ai fait le rapprochement avec Catherine qu'*a posteriori*, puisque je l'avais vue quelques instants avant, assise sur le banc. Elle avait des yeux de folle… Je ne sais même pas si elle m'a vu…

— Vous étiez paniqué, et pourtant vous avez pensé à effacer vos empreintes et à détruire la feuille…

— … C'est vrai. Je ne sais pas comment j'ai eu l'idée.

— Qu'attendiez-vous pour venir nous voir ?

— Je ne sais pas…

— Parce que, si ce que vous dites est vrai, ce qui reste encore à prouver, votre silence fait de vous le complice d'un meurtrier ! Et quand je dis votre silence, je me trompe ! Au premier interrogatoire, vous avez menti à la police en prétendant que vous vous étiez baladé à Saint-Germain-des-Prés, ce fameux samedi ! C'est très mauvais, tout ça, mon petit ! Très mauvais !

— Mais il m'était impossible de vous dire la vérité sans la trahir. D'une certaine façon, je me sens responsable. Si je n'étais pas entré dans sa vie, rien ne serait arrivé. Et puis… Je ne pouvais pas, c'est tout !

— Il s'agissait d'un meurtre, jeune homme, pas d'une partie de jambes en l'air !

— Qu'allez-vous faire ?

— Nous n'avons pas d'autre choix que la mise en garde à vue. »

Masson perçoit une indicible terreur dans les yeux du jeune homme. Un fugitif remords le saisit de nouveau. Mais cet homme a menti une fois et ment peut-être encore, il ne veut pas prendre de risques.

« Mais pour combien de temps ? Je suis innocent ! » Olivier a crié son désarroi et pleure comme un enfant.

« On est vendredi. Au moins pour le week-end, peut-être plus, tout dépend ! »

Il se lève et appelle Fred : « Occupe-toi bien de M. Grancher, Freddy, et rejoins-nous ensuite au bureau. »

Masson quitte le studio sans un regard pour Olivier.

À la réunion de l'après-midi, Masson est soucieux. Ils ont deux suspects, et si Olivier Grancher a dit la vérité, ils tiennent même la coupable. Il devrait être content, mais il ne l'est pas. Bertrand vient de lui apprendre que la boutique de la mère Salernes appartient au mari et que celui-ci, non content d'être friqué, car il a payé les murs cash, est une huile du Crédit Lyonnais. Coïncidence ? Il en revient toujours à la même chose : et si cette affaire n'était pas une simple histoire de chantage ? Et si les protagonistes étaient des victimes servant à camoufler un crime plus pernicieux ? Il ne veut rien laisser au hasard. C'est pour cela qu'il préfère retarder les aveux de Catherine Salernes. Il n'a pas encore pénétré l'appartement de la rue de Tocqueville. C'est une erreur. Peut-être même que l'arme du crime y est encore cachée si Catherine Salernes est bien l'assassin de Bizot ! Et si ce n'était pas elle ? Une employée de maison et un fils complices d'un adultère, ça ne lui dit rien de bon ! Il s'est toujours méfié du libéralisme outrancier ! Les bourgeois sont parfois plus pervers qu'on ne l'imagine ! À choisir, il préfère un bon truand bien basique !

Bertrand confirme une partie des dires d'Olivier Grancher concernant les toutes premières lettres anonymes. En feuilletant le magazine trouvé dans le casier de Bizot, il a identifié les caractères découpés et en a reconstitué le texte. Sur ce point au moins, le jeune homme n'a pas menti.

Masson a fait mettre Catherine Salernes sous surveillance rapprochée. Il n'est pas sûr de vouloir l'écrouer tout de suite. Il veut d'abord sentir et voir de ses propres yeux le contexte de sa vie. Peut-être pour mieux comprendre. Il pense à tout ce que lui a dit Olivier Grancher. Il aimerait aussi jauger ce mari qui, paraît-il, aurait si mal baisé sa femme ! Est-ce pour cela qu'il la gâte autant ?

Samedi matin. Masson a attendu que Catherine Salernes sorte de chez elle avant de sonner. Il a repéré le planton, un gars discret, dont il apprécie le travail. Le samedi est un bon jour pour pénétrer l'intimité d'une maison. Il n'a pas prévenu de son arrivée. Une femme d'une soixantaine d'années lui ouvre la porte. Elle porte un tablier à rayures bleu et blanc sur une robe noire. Elle est robuste et son visage est franc et ouvert sous les épaisses rides. Ses cheveux gris sont ramassés dans un chignon serré. Elle a l'air d'une vieille Bretonne. La fenêtre de l'entrée est ouverte. Masson s'est présenté. Comme pour une visite chez le médecin, la femme le précède dans un petit salon et lui présente un siège. La pièce sent bon la cire et le confort bourgeois.

« Si vous voulez bien patienter, je vais voir si Monsieur peut vous recevoir. » Son visage est demeuré impassible. Elle fait mine de se retirer, mais Masson l'interpelle :

« Vous êtes Henriette ?

— Oui, monsieur. » Elle semble étonnée que l'homme connaisse son prénom. Elle rajuste son tablier comme l'écolière qui va être interrogée devant le tableau noir. Elle attend.

« Connaissez-vous la raison de ma visite ?

— Non, monsieur. » Sa réponse est rapide, ses yeux se sont tournés vers le guéridon, évitant ainsi de croiser le regard de Masson.

« Asseyez-vous, Henriette, je ne vais pas vous manger ! Je peux vous appeler par votre prénom ?

— Tout le monde m'appelle Henriette, monsieur. Et ça ne me dérange pas, ajoute-t-elle poliment.

— Ça fait longtemps que vous travaillez chez les Salernes ?

— Presque trente ans, monsieur. Dans cet appartement même. Avant, c'était celui de bonne-maman, la mère de M. Jean. Il y avait aussi M. Salernes père et M. Christian, le frère de M. Jean. Maintenant, M. Christian habite au second et bonne-maman au premier. »

Masson est étonné de la voir si prolixe. Serait-ce pour cacher autre chose ?

« Et M. Christian habite aussi avec sa famille ? » Il a pris le même ton léger qu'Henriette, d'autant qu'il ne sait pas encore comment aborder cette femme.

« Oh non, monsieur ! Il est célibataire !

— Ah ! C'est un vieux garçon, alors ? Timide, peut-être ?

— Non ! Simplement célibataire. » Le visage d'Henriette s'est rembruni. Masson tente une approche du côté de Mme Salernes.

« Et Mme Salernes, vous l'aimez bien ?

— C'est ma patronne, monsieur.

— Vous la connaissez bien ?

— On ne peut pas rester trente ans dans une maison sans connaître les gens !

— C'est aussi ce que je pense. Mme Salernes s'entend bien avec son mari ?

— Je ne les ai jamais vus se disputer.

— Vous saviez qu'elle avait un amant ? »

Le visage d'Henriette a rougi sous la peau blanche et ridée. Elle regarde à nouveau le guéridon, comme s'il allait pouvoir lui dicter une réponse, et s'exclame :

« La vie privée de Madame ne me regarde pas, monsieur, ni celle d'aucune personne de cette maison, ni même de cet immeuble !

— Hum ! C'est tout à votre honneur, mais voyez-vous, et c'est la raison pour laquelle je suis ici, quelqu'un faisait chanter votre patronne. Vous le saviez ? » Henriette baisse les yeux.

« J'ai cru comprendre, monsieur.

— Ah ! Très bien ! Je me disais aussi ! Une femme au regard aussi vif ! Rien ne peut lui échapper ! Je préfère ça, vous voyez ! C'est plus facile pour poser des questions... » Henriette a encore rosi, mais cette fois, c'est à cause de la remarque sur son regard intelligent. Elle a cru un moment que cet inspecteur se moquait d'elle, puis, non, il n'avait pas l'air.

« Et vous savez que ce maître chanteur a été assassiné ? poursuit Masson.

— Seigneur Dieu ! » Henriette vient de se signer. Elle lisse son tablier une seconde fois et hésite sur l'attitude à prendre.

« Racontez-moi la journée de samedi dernier. À quelle heure est rentrée Mme Salernes ?

— Comme tous les samedis, après la fermeture du magasin, monsieur. » Puis, sur un ton indigné, elle ajoute : « Elle n'aurait jamais fait une chose pareille. Jamais ! D'ailleurs, elle est rentrée à sept heures et demie et le magasin ferme à sept heures...

— Qui vous a dit que cela s'était passé samedi ?

— C'est vous !

— Mais non... Je vous ai demandé à quelle heure était rentrée votre maîtresse ! Qui était à la maison à ce moment-là ?

— Mlle Virginie et moi-même.

— Virginie était ici tout l'après-midi ?

— Oui.

— Et pour les autres ?

— M. Jean est au polo comme toutes les semaines.

— Et leur fils ?

— À vingt ans passés, M. Thomas sort tous les week-ends avec ses amis...

— Je comprends. Donc, rien dans cette journée ne vous a paru étrange ? Le comportement de votre patronne, par exemple ?

— Non, monsieur. »

Henriette a baissé la tête. Masson sent qu'elle ne dira rien de plus. Du moins pour l'instant.

« Et si vous m'annonciez auprès de M. Salernes ?

— Je vais voir s'il peut vous recevoir...

— Il le pourra certainement ! »

Masson fait mine de se caler confortablement dans son fauteuil et prend *Le Figaro Magazine* qui est posé sur le guéridon.

Henriette sort de la pièce et ferme doucement la porte du petit salon. Dans l'obscurité du couloir qui mène aux chambres à coucher, elle croise Virginie qui se tient immobile.

« Qu'est-ce que tu fais là, toi ? la sermonne Henriette en lui donnant une petite claque sur les fesses. Va dans ta chambre, dépêche-toi ! Et n'en ressors pas avant que je t'aie appelée ! C'est bien compris ?

— Qui est-ce ? chuchote la jeune fille.

— Un inspecteur de police. Va dans ta chambre ! ou je te mets une torgnole ! ajoute-t-elle, inquiète, en voyant que Virginie ne bouge pas de sa place.

— Qu'est-ce qu'il veut ? » insiste Virginie. Henriette la pousse dans sa chambre d'un geste pressé et ferme la porte. Elle poursuit son chemin le long du couloir et frappe doucement à la porte de Jean Salernes.

Masson aime les effets de surprise lorsqu'il interroge les gens pour la première fois. Il n'aime pas être cantonné dans une pièce en attendant que la personne arrive. Lorsqu'il est dans une maison, il a l'habitude de fouiner, l'air de rien. Il est sorti du salon et fait mine de chercher les toilettes lorsqu'il surprend la silhouette de la jeune fille qui ressort de sa chambre. À la vue de Masson, elle rebrousse chemin, mais il la rattrape et lui tapote gentiment l'épaule avant de pénétrer dans sa chambre.

« On peut parler trente secondes ? » Le regard de Virginie est plein d'effroi. Elle marche à reculons jusqu'à la fenêtre.

« Je ne vais pas vous faire de mal, mademoiselle ! Juste une petite question : que faisiez-vous samedi dernier, dans l'après-midi ?

— Je travaillais... En bibliothèque, ajoute-t-elle dans un souffle. » Masson la regarde avec étonnement.

« Tout l'après-midi ?

— Oui. Je suis rentrée à sept heures. » Elle regarde d'un air angoissé la poignée de la porte, qui s'ouvre brutalement, laissant apparaître le visage d'Henriette, puis juste derrière, celui de Jean Salernes.

« Henriette ! crie la jeune fille en pleurant.

— Je suis désolé. » Masson est embarrassé. « Je ne voulais pas faire peur à cette demoiselle.

— C'est pourtant ce que vous avez fait », répond Henriette, en colère, en se ruant vers Virginie comme une louve vers son petit.

Jean Salernes se présente. Sa voix est haute et forte. Un grand sourire éclaire son visage. Il convie Masson à le suivre dans le petit salon.

« Excusez ma fille, dit-il en fermant la porte. Sa réaction a dû vous étonner : elle a un caractère fragile. Les hommes en particulier lui font parfois peur. C'est ce qui explique son attitude à votre égard.

— Il n'y a aucun problème ! » le rassure Masson. Il ne peut s'empêcher d'être troublé par les dires et le comportement de la jeune fille.

« Merci de votre compréhension, inspecteur. Que puis-je faire pour vous ? »

Jean Salernes a écouté Masson, le visage grave. Tout juste semble-t-il étonné lorsque Masson lui révèle que Catherine Salernes a un amant. Lorsqu'il lui fait part des soupçons qui pèsent sur elle, le mari ne prononce pas une parole qui pourrait disculper sa femme. Mais lorsque Masson lui demande son emploi du temps pour l'après-midi de samedi, Jean Salernes se lève, passablement outragé. Puis il se calme un peu et lui parle du Polo. Il y a déjeuné, puis a joué au tennis, en double avec quelques amis. Non, il ne connaît pas cet employé de banque, d'ailleurs il n'a rencontré le directeur de cette agence que deux ou trois fois, lorsqu'il a acheté les murs du magasin. Il regarde sa montre, il s'excuse de ne pouvoir être d'un plus grand secours, se lève et part chercher son fils que Masson souhaite également rencontrer.

Au contraire de son père, Thomas est terrassé. Il défend sa mère corps et âme, avec colère et passion.

À l'évocation de l'amant, il esquisse un faible sourire et dit qu'il était temps que sa mère vive sa vie. Non, il n'est pas choqué. Oui, il savait qu'on la faisait chanter… L'homme assassiné n'a que ce qu'il mérite. Son visage devient dur. Il ne sait rien de plus. Quant à ce qu'il faisait samedi, le jeune homme élude la question, évoquant vaguement quelques amis. Son visage est pâle, il n'en dira pas plus. Il ne souhaite pas non plus parler de sa sœur. Comme l'a dit son père, il confirme qu'elle est fragile, et qu'il ne faut pas la brusquer. Il serre la main de Masson et le précède jusqu'à la porte d'entrée, le dos raide et les lèvres serrées.

En sortant de cet immeuble bourgeois du 17e arrondissement de Paris, Masson a la désagréable sensation que chaque membre de cette famille a quelque chose à cacher. Admettons que Catherine Salernes soit bien l'assassin, pourquoi alors Henriette et Virginie se sont-elles contredites sur l'emploi du temps de la jeune fille ? Et le mari, est-ce pour se venger d'être cocu qu'il a accepté, sans sourciller, les graves soupçons qui pèsent sur son épouse ? Ou parce que cette version l'arrange ? Quant au fils, il passe sans transition de la passion, quand il s'agit de défendre sa mère, à l'abattement lorsque Masson cherche à pénétrer sa vie. Étrange famille, silencieuse et qui ne semble s'étonner de rien… Pas même d'un crime qui a peut-être été commis par l'un d'entre eux.

La surveillance rapprochée de Catherine Salernes n'apprend rien à Masson, si ce n'est qu'elle s'est rendue à deux reprises, le matin et à l'heure du déjeuner, chez son amant et qu'elle a trouvé à chaque fois porte close. À sept heures moins cinq ce même samedi, Masson franchit la porte de la boutique, bien décidé à faire passer Catherine Salernes aux aveux. Il lui a demandé de fermer le magasin, puis ils sont partis s'installer dans l'arrière-boutique. La femme lui a apporté une chaise et Masson a fermé les rideaux qui séparent les deux pièces. Ce soir, l'inspecteur a décidé de la faire craquer. Il est déterminé, il a tout son temps. La femme est pâle. La lumière blafarde de la pièce accentue cette pâleur. Masson remarque les cernes sombres qui creusent son visage. Il reste silencieux. Il attend, il n'est pas pressé. La femme a croisé ses bras autour de ses épaules, elle a l'air d'avoir froid.

« Qu'est-ce que vous voulez ? » lui demande-t-elle enfin. Sa voix est altérée.

« On vous a dit que je suis allé chez vous ce matin ?

— Non.

— J'ai rencontré votre époux, et Thomas et Virginie. Même Henriette.

— Ah ! »

La femme ne sait pas quoi répondre. Elle semble exténuée.

« Vous ne voulez pas savoir de quoi nous avons parlé ?

— Non. Enfin, si vous voulez ! Je ne comprends pas ce que vous cherchez chez moi... » Le timbre de sa voix est encore plus bas, ce n'est plus qu'un murmure.

« Vous savez que votre amant a été écroué ?

— Quoi ? » La femme a crié, elle est sortie de sa léthargie, elle s'est levée. « Il est innocent ! Il n'a rien fait ! »

Elle pleure.

« Presque vierge quand je l'ai connue... » Masson pense à la phrase d'Olivier qui l'avait fait sourire la veille. La femme a perdu son air dur et froid. Dans son regard, il lit l'amour fou et la douleur. Il croit lire l'innocence. Il l'imagine nue, il est troublé par cette pensée insolite, il envie à nouveau Olivier, comme dans le studio, la première fois. Il se dit qu'il s'égare, il calme ses sens un instant en émoi, il se dit mon gars tu es foutu si tu regardes encore ces beaux yeux bleus. Il détourne son regard, mais ses yeux se posent malgré lui sur les seins de la femme. Il se lève brutalement, comme pour s'extirper de cet envoûtement, il tire les rideaux d'un coup sec et retourne s'asseoir. Il est furieux. Contre lui-même. Et quand il s'adresse de nouveau à la femme, sa voix est dure et implacable.

« Alors, s'il n'a rien fait, racontez-moi ce que vous », il pointe son doigt sur elle, « avez fait ! »

Catherine Salernes s'est un peu calmée. Elle répète à Masson qu'elle est restée au magasin jusqu'à sept heures du soir et qu'ensuite elle est rentrée chez elle. Masson est sidéré par le sang-froid avec lequel elle raconte son histoire. Comme pour se venger qu'elle lui mente aussi effrontément, l'inspecteur prend un réel plaisir à lui relater ensuite, calmement, la version d'Olivier.

À la fin du récit, Catherine est ravagée. Elle a posé sa tête sur la table et pleure comme une enfant, abattue, vaincue. Masson a regagné du terrain, il pense que les aveux sont proches. Il sent sa fureur s'éloigner au fur et à mesure que les démons de ses sens s'apaisent. Il attend, impassible, que Catherine Salernes avoue son crime.

Un moment après, la femme lève enfin la tête. Masson lui tend un mouchoir. Elle le prend avec reconnaissance, se mouche bruyamment et commence à parler. Sa voix est calme et résignée.

«... Et comme je n'avais plus rien à craindre de mon mari, puisque, enfin, il connaissait ma liaison, j'étais heureuse et soulagée. Mais je ne l'ai pas dit à Olivier le lendemain, parce qu'alors, j'aurais dû lui avouer que je m'étais laissé... caresser.»

Elle lève les yeux vers Masson, elle a rosi légèrement. Masson croise et décroise les jambes nerveusement, agacé par cette femme qui ne le laisse pas de glace.

«Ensuite?

— Je voulais aller quand même à ce rendez-vous, pour en finir avec ce maître chanteur, pour lui dire qu'il pouvait bien répéter au monde entier que j'avais un amant car plus rien n'avait d'importance. Je me sentais libérée. Vous comprenez?

— Ensuite?

— ... Quand je suis arrivée, il était déjà mort, il gisait dans une mare de sang. Il était dénudé.

— Vous avez eu le temps de voir tout ça?

— ... J'étais tellement mal, j'avais besoin de reprendre mes esprits, alors je me suis assise sur un banc... C'est alors que j'ai vu Olivier... J'ai tout compris en un instant... C'était atroce!

— Compris quoi ?

— Qu'il avait fait cela pour moi ! Il ne savait pas, pauvre amour, que j'étais libre... Je l'ai aimé encore plus. » La femme s'effondra à nouveau.

Putain, comme elle l'aime, se dit alors Masson. Si Grancher ne l'avait pas accusée, elle l'aurait protégé jusqu'au bout. Quelle femme étrange ! Quel drôle de couple !... Lequel des deux me ment ?

« Pouvez-vous me dire avec précision l'heure à laquelle vous étiez à l'hôtel, madame ? » La voix de Masson s'est adoucie. Catherine lève la tête, un instant étonnée par la question.

« Je ne sais pas exactement. Avant six heures, puisque c'était l'heure du rendez-vous et que je voulais le surprendre... Je dirais entre cinq heures et demie et six heures moins le quart ? »

Sa réponse est une question. A-t-elle répondu comme il fallait ? Masson baisse la tête, elle a donné exactement la même tranche horaire que son amant. Pourtant, il y en a bien un qui est venu avant l'autre, mais lequel ?

Masson a décidé de la raccompagner en taxi. C'est plus fort que lui. Il s'est pris d'une sorte de tendresse pour ce couple maudit. Il n'arrive pas à croire que derrière les anges déchus se cache le soufre du diable. Par sécurité, Masson a demandé qu'on surveille l'immeuble des Salernes ainsi que chacun des occupants du troisième étage. En vain. Les journées de samedi et de dimanche se sont étirées lentement. La famille s'est terrée dans l'appartement aux parquets bien cirés, et par la chaude torpeur de ce dernier week-end de juin, personne n'a franchi le seuil de la lourde porte du 42 *bis*, rue de Tocqueville.

Lundi matin. Rebois vient de téléphoner à Masson. Il est embarrassé. Il ne leur a pas tout dit. Cela n'a peut-être aucun rapport avec l'affaire du meurtre. Catherine Salernes dispose bien de deux comptes à l'agence, l'un personnel, l'autre professionnel, mais il a omis de dire qu'il existe également un compte commun aux Salernes. Une somme d'argent y transite régulièrement, toujours la même, pour aller immédiatement ensuite sur le compte de Mlle Fabert Anne, compte domicilié boulevard Delessert, dans le 16e.

— Mme Salernes connaît-elle l'existence de ce compte commun ?

— C'est-à-dire, je le pensais, parce que je le croyais aux noms des deux époux, mais en consultant le dossier ce matin, je m'aperçois que l'ouverture du compte s'est faite aux noms de M. Jean Salernes ou de Mme Robert Salernes, et non de Mme Jean Salernes.

— Hum ! Et quel est le montant de la somme qui transite ?

— Vingt-cinq mille francs. Par mois. Depuis sept ans. En fait depuis l'ouverture des comptes personnel et professionnel de Mme Catherine Salernes.

— D'où vient cet argent ?

— Du compte personnel de M. Jean Salernes. »

Lundi soir, Fred lit à haute voix le compte rendu de la journée de planque de Jean Salernes :

Jean Salernes quitte son domicile à huit heures trente ce lundi matin. Il prend sa voiture, une Renault Safrane bleue, et entre dans un immeuble situé au 33, avenue Paul-Doumer, dans le 16ᵉ arrondissement de Paris. Il en repart à neuf heures cinquante pour aller à son bureau du 125, Champs-Élysées. À douze heures quarante-cinq, il part déjeuner au Polo de Bagatelle, dans le bois de Boulogne. Il y rejoint une jeune femme d'environ quarante ans et quitte cette dernière vers quinze heures, heure à laquelle il regagne à nouveau son bureau jusqu'à dix-huit heures. De là, il retourne avenue Paul-Doumer d'où il ne partira qu'à dix-neuf heures quarante-cinq pour rentrer au domicile conjugal de la rue de Tocqueville.

« Bien, voilà au moins un point commun entre les époux Salernes : Ils sont fidèles à leurs amants et assidus à la tâche !

— On n'en fout vraiment pas une dans la banque !

— C'est qu'il doit être trop cher à virer !

— Je parie ma chemise que la belle de l'avenue Paul-Doumer est une demoiselle du nom d'Anne Fabert ! claironne Masson.

— Vingt-cinq mille balles par mois, ça fait cher la passe, même s'il l'honore trois fois par jour !

— Tu oublies le déjeuner gratis en prime, si c'est la poule avec qui il a bouffé au Polo ! renchérit Fred en riant.

— Vos gueules ! leur crie Masson. Quel est le rapport avec le meurtre d'un petit caissier de merde ? Aucun ! Sauf si Bizot faisait également chanter le père Salernes ! Et ça ferait un suspect de plus ! On en est à trois, maintenant, qui dit mieux ?

— Ouais ! Peut-être ! répond Bertrand pas très convaincu. À part ça, chef, il faudrait qu'on avance ! ajoute-t-il. Parce qu'il y a un mec qui va dépasser les quarante-huit heures de garde à vue, et certainement pour rien !

— Je ne te l'ai pas dit, Bertrand ? Je ne lui ai pas dit, les gars ? Désolé, j'ai dû oublier ! Mais j'ai fait relâcher le petit ! Hier soir ! J'ai bien fait, j'espère ? »

Le ton ironique de Masson n'a rien de bienveillant. Il déteste qu'on empiète sur ses plates-bandes. Et qu'on outrepasse ses droits.

« Et pour quelles raisons, chef ? insiste Bertrand qui ne se laisse pas décontenancer par le ton cinglant de son patron.

— Tu l'as dit toi-même ! Pour absence de preuves !

— Et quand allez-vous arrêter votre belle blonde, chef ? continue Joël. Parce que, à l'évidence, c'est elle l'assassin de Bizot ! »

À entendre le silence dans la pièce, Masson comprend que ses hommes ont déjà discuté ce point et qu'ils sont d'accord.

« J'ai décidé de ne pas faire arrêter ma belle blonde, si tu veux tout savoir. »

Les hommes de Masson semblent consternés.

« Mais enfin, chef ! Pour quelle raison ?

— Insuffisance de preuves. Quelqu'un a quelque chose à dire ? »

Dans la pièce, on entendrait voler une mouche. Bertrand a allumé une cigarette. Il fait toujours cela lorsqu'il sent son patron en colère. Une façon comme une autre d'attendre que l'orage passe. Fred fait mine de s'en aller. Avant d'ouvrir la porte, il demande à Masson s'il a encore besoin de lui.

« Dégage ! Dégagez tous, d'ailleurs ! J'ai besoin de personne ! » Masson a crié. Ses yeux lancent des éclairs. Il ne supporte plus ses gars… « Du vent, j'ai dit ! »

Lorsque l'inspecteur se retrouve enfin seul dans son bureau, il se sent vidé. Il sait qu'il a pris deux décisions importantes, seul, sans recueillir l'avis de ses hommes. Il sait qu'il a pris cette résolution uniquement au feeling. Il sait que c'est risqué. Mais c'est plus fort que lui : il y a toujours un moment, dans ses enquêtes, où il fait bande à part. Simplement parce qu'il écoute son cœur. La fameuse intime conviction. Jusqu'à présent, elle lui a toujours porté chance. Mais pour combien de temps encore? Chaque enquête est une nouvelle angoisse. Pendant toute sa durée, il met sa vie personnelle en pointillé, il devient tour à tour la victime, le suspect, l'assassin. Il en perd le sommeil, ses amis, ses maîtresses.

Il est vingt et une heures. Masson a faim. Avant de rentrer chez lui, il s'achète un sandwich pâté-cornichons et une cannette de bière au café d'en bas. Il mange vite, assis sur son lit, en regardant la télévision. Il se sent gros tout à coup. Il faudrait qu'il bouffe mieux. *Too late*, il y pensera plus tard !

Sur le bureau de Masson, un des plantons de nuit a déposé son compte rendu. Il concerne le jeune Thomas Salernes. Au fur et à mesure que Masson lit son papier, il découvre, fasciné, la vie nocturne du jeune homme. Il pense à « Double Face » dans *Batman*. Image insolite. Le garçon cache bien son jeu ! Mais être homo ne fait pas de vous un assassin ! Est-ce que ça change quelque chose de savoir qu'il a passé sa soirée dans un bar gay du Marais ? À brûle-pourpoint, le matin, en buvant son café, Masson parierait que non ! Non ! Ça ne change rien ! Sale boulot que celui de s'immiscer dans la vie des gens ! Après tout, chacun fait ce qu'il veut de sa queue, ce qui compte, c'est qu'on soit heureux ! Mais au fait, est-ce qu'il est heureux, le petit Thomas ?

Douze heures trente. Bois de Boulogne. Masson est dans la voiture de Bertrand. Ils observent attentivement les véhicules qui s'alignent devant la porte principale du Polo de Bagatelle. Masson pense que Jean Salernes est un homme d'habitudes. Même pour ses rencontres avec sa maîtresse. Ce sont des rendez-vous bourgeois et constipés. Sans surprises. Il va revenir à la même heure qu'hier. Masson en est persuadé. À sa gauche, Bertrand allume cigarette sur cigarette. C'est pour meubler la conversation, car Masson ne parle quasiment plus. Il est coutumier de ces sautes d'humeur et les accepte avec indulgence. Ce qui l'énerve, c'est que Masson le choisit toujours pour l'accompagner dans ces moments-là, parce que c'est lui le moins bavard des trois ! Du coup, ça le fait fumer plus que d'ordinaire !

La Safrane bleue vient de se garer silencieusement devant le portail de bois blanc. Derrière les vitres closes, des voix de castrat s'élèvent, emmêlées, étouffées par l'épaisseur de l'habitacle. Tiens, Purcell, pense Masson. Il attend un quart d'heure avant de pénétrer lui-même dans la salle de restaurant. Il veut surprendre Jean Salernes déjeunant en tête à tête avec sa maîtresse. Il observe le couple. La jeune femme semble tendue. Elle fume par petites bouffées répétées et rejette la fumée nerveusement. L'homme lui a pris la main. Il vient d'écarter une mèche de ses cheveux. Ils sont tous les deux très élégants. Masson s'approche. Jean Salernes est de dos. C'est la femme qui aperçoit Masson se diriger vers leur table. Elle lève la tête, étonnée, tandis que Masson lui donne une forte poignée de main.

« Bonjour ! Anne Fabert, je suppose ?

— Elle-même... »

Alors que Jean Salernes se retourne pour voir celui qui a salué sa maîtresse, il découvre avec stupeur l'imposante stature de Masson. Son silence est éloquent.

« Jean m'a beaucoup parlé de vous... » continue Masson.

Il adore se foutre des gens. Mai 68 a beau être enterré, il n'arrive pas à aimer les bourgeois. Enfin, ceux-là, les hypocrites, les arrivistes, les connards qui pètent plus haut que leur cul. La femme sent intuitivement que l'homme qui s'adresse à elle n'est pas de leur monde. Qui est-il ?

« Anne, je te présente l'inspecteur... Désolé, j'ai oublié votre nom.

— Masson, monsieur Salernes... De la police criminelle, madame Fabert. »

Mais pourquoi le regarde-t-elle comme ça, cette pétasse ? Sûr qu'elle n'aime pas les flics. Sauf les préfets, c'est plus chic ! C'est vrai que les putes n'ont jamais aimé les flics ! C'est con, je ne sais pas pourquoi, mais, avec les putes, c'est un malentendu qui traîne depuis des lustres !

« Je vais devoir vous prendre quelques instants votre… ami, reprend Masson sur un ton mielleux. Vous m'en voyez désolé, chère madame, mais je n'en aurai pas pour longtemps. »

Les deux hommes sortent dans le parc. Jean Salernes n'a pas quitté son sourire affable et faux cul.

« Que puis-je faire pour vous, qui ne puisse attendre que je sois chez moi, cher monsieur Masson ?

— Votre maîtresse, justement. Je voulais simplement savoir… Mme Salernes, votre femme, sait-elle que vous entretenez grassement Mlle Anne Fabert depuis au moins sept ans ?

— Votre question a-t-elle un intérêt pour votre enquête sur le meurtre de cet employé, inspecteur ? » Le sourire de Jean Salernes s'est mué en un rictus méchant.

« Monsieur Salernes ! Voyons ! Sans cela, je ne me serais pas permis !

— Ma femme ignore tout de cette liaison.

— Et le caissier ?

— Qu'est-ce que le caissier a à faire dans cette histoire ? »

Mais Jean Salernes est trop fin pour ne pas avoir compris. Il rit, l'air suffisant.

« Non, vraiment, inspecteur, vous faites fausse route ! Ce n'est pas moi qu'on faisait chanter, mais bien ma femme !

— Donc, d'après vous, mes soupçons envers Catherine Salernes sont bien fondés ? »

Jean Salernes se rend compte qu'il est allé trop loin. Il regarde Masson dans les yeux, son sourire est revenu.

« Loin de moi cette idée, inspecteur ! Simplement, je n'ai jamais été victime d'un quelconque chantage. Jamais !

— Très bien, très bien, vous m'en voyez rassuré ! » Masson lève son bras vers Jean Salernes en signe d'amitié. Il sourit, lui aussi. « J'espère que votre plat n'a pas trop refroidi. Peut-être qu'un coup de micro-ondes… Ils doivent bien avoir ça ici, non ?

— Certainement… » Jean Salernes perd un instant le fil de ses idées, décontenancé par Masson, puis se reprend immédiatement en concluant d'un ton définitivement mondain : « Merci de votre sollicitude, inspecteur. N'hésitez surtout pas à me recontacter, si vous avez la moindre question ! À bientôt ! »

Masson a donné la permission à Olivier Grancher de partir quelques jours chez ses parents, à Rouen. Il lit machinalement les coordonnées qu'il a griffonnées sur le bloc Rhodia qui est posé sur son bureau. Rouen ! J'avais une petite amie, dans le temps, qui était de Rouen ! Elle y rentrait tous les week-ends pour voir ses parents ! Ce qu'elle était conne, la pauvre ! Enfin, tout ça, c'était il y a plus de vingt ans ! Souvenirs, souvenirs ! L'air de Johnny lui trotte maintenant dans la tête. Plus moyen de le chasser ! Il ferait mieux d'aller se promener ! Il n'a plus rien à foutre dans ce bureau, maintenant qu'il a relâché ses deux vrais suspects ! Sa tête est creuse, il se sent seul. Trop responsable.

Putain, je suis vidé ! se dit-il, tandis qu'il descend le quai des Orfèvres. Il hèle un taxi qui le ramène chez lui. Il ferme les volets de bois de sa chambre et s'étend lourdement sur son lit. Il a à peine conscience de penser aux seins de Catherine Salernes qu'il sombre déjà dans un sommeil profond et bruyant. Il est quatre heures. Paris est vide, écrasé par un soleil de plomb. De ce soleil silencieux qui fait croire qu'on est tout seul dans la grande ville. De ce soleil qui donne envie de plonger dans la Seine et de boire des demis panachés à toutes les terrasses de cafés. De ce soleil de juillet, enfin, qui lui renvoie, depuis les plages de l'Atlantique, les cris de joie des enfants qui font rouler leurs gros ballons de plastique Nivéa sur le sable. Des seins de Catherine Salernes, Masson est passé au ballon. Années soixante, poupées gonflables, Masson dort comme une masse.

C'est sous une douche glacée prise à sept heures du soir après sa sieste impromptue que l'inspecteur décide de faire une petite visite-surprise chez les Salernes. Il a envie de reparler à Thomas. L'idée lui est venue que le jeune homme ne devait pas s'entendre avec son père. Par contre, même si c'est un lieu commun, il se dit qu'une maman, c'est important pour un homo ! Pour les machos aussi, du reste ! Il n'y avait jamais songé, mais les psys ont déjà dû y penser ! Rien ne leur échappe ! Enfin, bref, le petit Salernes aurait pu vouloir venger sa mère ou quelque chose dans le genre !

Vingt heures trente. Le cuivre de la sonnette est tellement bien astiqué qu'il brille de mille feux. Henriette fait mieux le ménage que ma concierge, se dit Masson, tandis que les pas derrière la porte se rapprochent. Il a un peu de mal à pénétrer dans l'appartement. Henriette garde son pied serré contre la porte comme si lui, Masson, n'était qu'un vulgaire démarcheur, colporteur ou quêteur. Il vient de lire la plaque d'avertissement dans le hall de l'immeuble.

« C'est l'heure du dîner, monsieur !

— Inspecteur, ma petite Henriette ! lui répond Masson en arborant sa carte aux couleurs tricolores. Vous savez qu'il n'y a pas d'heure, pour la police ?

— Il faut que je voie... »

Elle fait mine de refermer la porte. Masson la pousse avec son avant-bras.

« Vous n'avez pas compris : cela fait mauvais genre de refuser l'entrée d'une maison à un officier de police criminelle, et cela quelle que soit l'heure ! »

Henriette a baissé les yeux. Elle n'ose pas contredire davantage l'homme qui est en face d'elle. Elle laisse passer Masson et le précède jusqu'à la porte vitrée de la salle à manger. Autour de la table rectangulaire, la famille est au grand complet. Personne ne manque, ni bonne-maman ni M. Christian. Quelle charmante maisonnée ! se dit Masson. À les voir comme ça, on jurerait qu'ils s'entendent bien ! Masson ne peut pas dire à proprement parler que le silence se fait dès qu'il pénètre dans la salle, car l'assemblée était déjà étonnamment muette. Au moins son arrivée provoque-t-elle une sorte de divertissement. Du moins un exutoire à la tension familiale. C'est Jean qui, le premier, se lève et fait le tour de la table pour venir à la rencontre de Masson :

« Cher Masson ! Quelle bonne surprise ! Venez, venez, je vous en prie ! »

Il est tellement faux cul que Masson en a le souffle coupé. Ça ! C'est des gens du monde, des vrais ! se dit-il, admiratif.

« Qui ne connaît pas encore l'inspecteur ? demande Jean Salernes à la ronde. Ah ! Vous, chère mère ! M. Masson est inspecteur de police. Vous savez, c'est le monsieur qui enquête sur cet abominable meurtre... Le caissier que Catherine connaissait bien... »

Catherine s'est levée brutalement de sa chaise, comme pour protester, puis se ravise et se rassoit lourdement. De toute évidence, la présence de Masson ne lui fait pas plaisir. Bonne-maman sourit à Masson en présentant ironiquement sa main de sorte que l'inspecteur lui fasse l'indispensable baisemain qui sied à son rang, ce dont l'inspecteur s'acquitte avec élégance et la même ironie en retour. Christian Salernes se présente à son tour, et tandis que chacun attend avec circonspection que Masson expose la raison de cette visite inopportune, Jean Salernes poursuit, d'une voix plus forte encore :

« Nous ferez-vous l'honneur de partager notre dîner ? »

Le silence autour de la table est à son comble, mais Masson ne se fait pas prier, un parce qu'il a faim et qu'il en a assez des sandwichs pâté-cornichons, deux parce qu'un dîner familial chez les Salernes vaut bien tous les interrogatoires de la terre. Il questionnera Thomas un peu plus tard. Henriette a placé Masson à la droite de Catherine. Bonne-maman aurait bien voulu l'avoir comme hôte d'honneur, mais, comme elle le lui explique, ce soir est un jour exceptionnel.

« J'ai un an de plus aujourd'hui, cher monsieur ! C'est pourquoi je garde mes deux fils à mes côtés. À mon âge, chaque année qui passe m'éloigne davantage d'eux...

— Mère ! Enfin ! Pas d'idées sombres, ce soir, c'est interdit ! coupe Christian Salernes.

— D'ailleurs, Catherine a tout prévu afin que vous passiez une merveilleuse soirée ! N'est-ce pas, Catherine ? renchérit Jean.

— Eh bien, voyons ! exulte bonne-maman. J'ai déjà une surprise : un inspecteur de police à ma table ! Je suis sûre que mes amies en seront vertes de jalousie ! Quelle est la suite, ma bru ?

— C'est Henriette qui s'est entièrement occupée du dîner, je n'en sais pas plus que vous ! »

En une seule petite phrase jetée négligemment, Catherine vient de contredire son mari et de ridiculiser sa belle-mère. Pourtant, la voix de Catherine est éteinte. Pense-t-elle à son amant ?

« Hum ! Ma belle-fille, voyez-vous, cher inspecteur, a un emploi du temps très chargé ! Il est vrai qu'elle m'a déjà eue hier à dîner ! Mais est-ce ma faute si mon anniversaire tombe le lendemain du traditionnel lundi ?

— Je suis sûr, chère madame Salernes, que votre belle-fille est toujours ravie de vous avoir à sa table ! »

La phrase de Masson sonne faux dans le silence de la pièce. Personne ne semble vouloir faire un effort pour relancer la conversation. Masson, mal à l'aise et le visage tourné vers la porte de la salle à manger, attend maintenant comme les autres qu'Henriette fasse son apparition. La voici enfin, droite dans sa robe de drap noir. Le petit tablier à volants qu'elle porte autour de la taille est assorti à sa coiffe blanche. Masson ne savait pas qu'il existait encore des employées de maison habillées à l'anglaise. Cela lui fait penser à la cuisinière dans *Mary Poppins*. Il était amoureux de Mary Poppins quand il était petit. Elle aussi, elle avait de beaux seins ! Ah ! Il l'enviait, le jeune ramoneur ! Masson n'a pas le temps de se chanter entièrement « chem-cheminée » dans sa tête qu'il est déjà absorbé par l'entrée en scène du colin mayonnaise. Disposé au centre de la table comme pour un défilé de mode, le poisson mort semble se repaître des ah! et des oh! d'admiration lancés autour de sa sublime dépouille! Tout autour du plat, Henriette a disposé artistiquement des sortes de crottins de mayonnaise. Entre chaque note jaune, les tomates cerises ont été coupées en deux. Ça fait un rien radin comme déco, mais c'est si comme il faut! Pour rehausser la peau grisâtre du poisson, Henriette a enfourné dans sa gueule un énorme bouquet de persil. Voilà donc le fameux colin mayonnaise des bourgeois, avec ses deux gros yeux, blancs, gélatineux, exorbités, qui ressemblent à s'y méprendre à ceux de bonne-maman. Henriette fait maintenant tourner le lourd plat ovale en argent massif. Elle se tient, fière, musclée, impassible, à la gauche de bonne-maman et attend que celle-ci ait fini de se servir pour se placer ensuite à la gauche de Catherine. Masson a terriblement envie d'entamer le petit pain posé sur l'assiette en face de lui. Mais personne ne s'est encore servi et il hésite : le pain de gauche ou le pain de droite?

«... Nous avons un merveilleux poissonnier dans le quartier, reprend bonne-maman. Son père, déjà, servait ma famille. Mais à l'époque, il nous livrait! Maintenant, les commis ne veulent plus rien faire. C'est comme tout : les femmes veulent leur libération, les jeunes de la considération, les employés des augmentations. Je ne parle pas pour vous, ma bonne Henriette, enfin, tout va à vau-l'eau!

— Les Français ne sont jamais contents! Est-ce que nous nous plaignons, lorsque le gouvernement nous taxe sur la fortune? Non! Nous faisons, si je puis me permettre ce modeste jeu de mots, contre mauvaise fortune bon cœur!» Jean Salernes s'adresse tout naturellement à Masson, comme s'ils étaient logés à la même enseigne pour l'ISF. «Il faut bien que chacun participe à l'effort national, poursuit-il sur sa lancée...»

Discours gauche caviar ou Front national? se demande Masson qui vient de perdre ses repères. Enfin, ça doit être selon, pour que chacun y trouve son compte. Ils sont vraiment parfaits, ces Salernes !

Thomas et Virginie n'ont pas encore parlé. Masson a pitié d'eux. Comme ces dîners doivent leur sembler pénibles ! Ont-ils droit à la parole ? En tout cas, personne ne semble s'intéresser à eux.

Les frères Salernes boivent respectueusement les paroles de leur mère, qui, à soixante-quinze ans passés, joue toujours à la coquette comme une jeunette de vingt ans. Non pas que les femmes n'aient plus de charme à cet âge-là ! Non, Masson pense au contraire qu'une femme a toujours du charme. Jusqu'au jour où elle n'accepte plus son âge. Masson ne sait pas pourquoi, mais c'est toujours celles-ci qui font plus vieilles que les autres !

L'attention de Masson se porte peu à peu sur Christian Salernes. Qui est cet homme, au juste ? Serait-il possible qu'il soit amoureux de son adorable belle-sœur à la poitrine plantureuse et qu'il n'ait pas supporté un amant dans la vie de Catherine ? Mais, si cela avait été le cas, c'est Olivier qu'il aurait tué, pas Bizot ! À moins que...

« ... Et vous-même, êtes-vous marié, inspecteur ? » C'est bonne-maman qui a posé la question, mais Catherine a aussitôt levé la tête pour entendre la réponse.

« Désolé, je ne réponds jamais aux questions d'ordre personnel pendant mes heures de travail, madame Salernes, assure Masson en souriant.

— Parce que vous êtes en train de travailler, inspecteur Masson ? demande Christian Salernes d'une petite voix méchante.

— Affirmatif, cher monsieur ! »

Une fois de plus, le silence s'est fait autour de la table. Le colin mayonnaise a toujours son bouquet de persil dans la gueule, mais sa chair à la peau grise a laissé place à un misérable squelette qui attend de finir dans la poubelle de la cuisine ou dans l'assiette du chat.

Catherine actionne la petite sonnette à pied qui allume le panneau d'affichage situé sur le mur de l'office. Henriette a fini de desservir. D'un geste précis, elle passe une petite balayette et aspire rapidement les miettes de pain blanc. Enfin, majestueuse, elle rentre à nouveau dans la salle à manger, faisant rouler devant elle le chariot à viandes. Soulevant alors la somptueuse cloche en argent, elle dévoile avec fierté le plat principal.

« Un gigot ! Ma bonne Henriette ! En voilà une qui pense à moi ! » Et se retournant vers Masson, bonne-maman poursuit : « Le gigot est mon péché mignon, cher inspecteur ! C'est un plat tout simple, mais Henriette le cuisine merveilleusement.

— La recette vient d'ailleurs de vous, mère ! Henriette n'est que votre élève !

— Le gigot est facile à réaliser, poursuit bonne-maman à l'attention de Masson, à condition qu'on respecte deux principes. L'un concerne la cuisson, ni trop cru ni trop cuit, l'autre s'attache à la découpe de la viande. Un gigot qui n'est pas coupé dans la règle de l'art n'est plus un gigot. C'est un vulgaire bout de viande, tout juste bon pour le chien !.... À propos », bonne-maman s'est adressée à Henriette, « qu'attendez-vous ? Coupez donc ! Le gigot se mange chaud ! »

Henriette se tient debout, le dos raide. Son visage est blanc comme de la craie. Elle a porté sa main à sa gorge et regarde bonne-maman fixement.

« Qu'avez-vous, Henriette ? »

C'est Catherine qui a posé la question.

« Seigneur Dieu ! J'ai oublié le couteau !

— Eh bien ! Allez le chercher ! » dit Jean Salernes, agacé.

Henriette quitte alors la salle à manger à petits pas traînants.

« Et vite ! » gronde bonne-maman. D'une voix sévère, elle vient d'entamer un laïus sur le léger goût de graisse qui réapparaît dès lors que le gigot refroidit.

Mais Masson n'écoute déjà plus. Le monologue de la belle-doche qui le berçait d'ennui siffle maintenant dans ses oreilles comme le larsen d'un ampli. Il pense au couteau, ce couteau à gigot qui pourrait bien incarner l'arme du crime. Lame souple, sans dents, vingt-cinq à trente centimètres... Très bien affûté... On peut même en trouver dans les bonnes maisons… Masson entend encore les paroles du Dr Worms résonner dans sa tête. Est-ce le simple fait d'avoir oublié le couteau qui met Henriette dans cet état ? Qu'a-t-elle voulu dire par « Je l'ai oublié » ?

Masson a le délicieux sentiment que le dénouement de cette affaire de famille est proche. Maintenant, à lui de jouer ! Le sifflement dans ses oreilles s'est arrêté. Masson regarde chacun des convives. Chaque minute qui passe sans voir revenir Henriette fait monter d'un cran la colère de Mme Salernes mère et de ses deux fils. Le regard de Thomas est rivé sur la porte de la salle à manger, tandis que Virginie baisse la tête encore plus que d'habitude. Masson se tourne vers Catherine. Il ne peut pas voir l'expression de son visage, mais il sent que son corps n'est plus qu'une liane de nerfs. Elle tient son couteau à viande si serré entre ses doigts que ses phalanges en sont toutes blanches. La cuisinière enfin réapparaît sur le seuil de la porte. Mais elle annonce d'une voix livide :

« Je ne le trouve pas ! »

Excédée, bonne-maman somme sa belle-fille d'aller chercher ce couteau immédiatement.

« Allez-y vous-même ! lui répond Catherine.

— Catherine ! Lève-toi ! » Le visage de Jean n'est plus qu'un rictus de rage… « Et excuse-toi !

— Et de quoi donc ? En vingt ans, je n'ai jamais vu ta mère bouger son cul de sa chaise !

— Je vous avais bien prévenu, mon pauvre fils, que vous alliez épouser une petite soubrette de quatre sous ! Vulgaire ! Et paresseuse !

— Des couteaux, il y en a plein la cuisine ! poursuit Catherine d'une voix stridente. Des couteaux à canard, des couteaux à chevreuil, des couteaux à poulet fermier, parce que les autres c'est pour les pauvres, des couteaux à rôti de porc, des couteaux à rôti de bœuf, des couteaux à pain, des couteaux… À quoi donc, bonne-maman ? Aidez-moi, vous qui savez tout !

— Cette pauvre femme est folle !

— … Mais sans couteau à gigot, le monde s'écroule ! Ne le saviez-vous pas, inspecteur ? »

Masson est en plein délire familial. La tension est à son comble, il se demande si Catherine va craquer. À moins que…

« Une catin ! s'étrangle de rage bonne-maman.

— Une catin qui montre son cul ! Vous ne l'avez jamais montré votre cul, bonne-maman ? Dommage pour vous, ça fait un bien fou…

— C'est scandaleux ! Vous dépassez les bornes ! explose Christian Salernes.

— Voyez-vous, inspecteur, poursuit Catherine à l'intention de Masson, à défaut d'un cul qu'ils ne montrent jamais, ces trois Salernes ont en commun une bouche. Une bouche en cul-de-poule ! »

Catherine rit maintenant à gorge déployée. Ils sont tellement constipés ! Masson est si interloqué qu'il reste un instant sans voix. Les enfants n'ont pas bougé. Virginie pleure doucement. Le silence perdure ainsi quelques secondes, jusqu'à ce que Masson se lève et dise :

« Je vous en prie, messieurs, mesdames, calmez-vous tous ! Je pars aider la pauvre Henriette. Son couteau ne doit pas être bien loin ! Accordez-moi simplement quelques minutes !

— Nous avons tout notre temps, maintenant que le gigot est froid ! » La voix de bonne-maman résonne métallique, dans la belle pièce aux moulures dorées.

Dans la cuisine, Masson trouve Henriette assise et prostrée devant la table en bois ciré. Elle lève à peine la tête lorsque Masson s'assoit à ses côtés.

« Allons, ma pauvre Henriette, racontez-moi ! » La voix de l'inspecteur est si douce qu'Henriette se met à pleurer.

« Je sais tout… Votre silence ne fait qu'aggraver la situation… Allez, dites-moi où il est ce couteau à gigot ! »

Les secondes qui s'écoulent paraissent interminables à Masson. L'inspecteur est maintenant assuré qu'elle sait quelque chose, mais quoi, au juste ? L'arme du crime est-elle encore à la maison ? Et qui l'a utilisée ? Se peut-il que ce soit Henriette ? Masson a décidé de prêcher le faux pour obtenir le vrai. Mais il a peur. Peur de ne pas être capable, au dernier moment, de reconnaître le meurtrier. Peur de tout faire capoter. Il marche sur des œufs. Surtout ne pas brusquer Henriette, surtout être gentil, se dit-il.

« Allez ! chuchote-t-il en la prenant par l'épaule. Soyez courageuse. »

Henriette se mouche dans son tablier blanc. Masson sent que le rideau va tomber. Elle se lève lourdement, elle monte sur l'escabeau de bois qu'elle a placé devant le placard à vaisselle de l'office, et avec la petite clef accrochée à son cou par un ruban de satin, elle ouvre lentement la porte tout en haut. Elle tend l'objet à Masson qui le pose doucement sur la table. L'horloge de la cuisine marque vingt et une heures quarante. Sous les chiffons de lin, Masson prend le couteau. Il a été lavé. Mais Masson sait que le Dr Tran pourra toujours y lire l'histoire de ce sang qui s'est mêlé aux petites taches de rouille.

« Où l'avez-vous trouvé, Henriette ?

— À la cuisine, dans l'évier, inspecteur. » Henriette chuchote.

« Ce fameux samedi ?

— Oui…

— Qui l'y a mis, Henriette, vous le savez ? » Henriette a posé des yeux surpris sur Masson.

« Madame… Je suppose. Elle était toute chamboulée quand elle est entrée. Même que quand je l'ai vue allongée de travers sur son lit, tout habillée, avec la boîte de médicaments sur la table de nuit, j'ai vraiment cru que c'était arrivé ! Oh ! J'ai eu tellement peur ! C'est pour ça que j'ai appelé SOS Médecins !

— Alors ? Elle voulait mettre fin à ses jours ?

— En fin de compte, non, elle n'avait rien pris ! Remarquez, je ne l'ai pas appelé pour rien, le docteur, parce qu'il y avait aussi la petite qui me refaisait une crise de tétanie comme dans le temps où elle faisait ses cauchemars la nuit !

— Virginie faisait une crise de tétanie ? »

La voix de Masson vient de trahir ses pensées. Henriette lève de grands yeux étonnés vers lui.

« La crise de tétanie... » Henriette a un regard si triste... « La crise de tétanie, poursuit-elle obstinément, ça m'a toujours fait peur, parce qu'elle risque... de se couper la langue ! »

Henriette vient d'éclater en sanglots. Masson prend un instant cette femme dans ses bras. Elle lui paraît si vieille, tout à coup, si chétive, si recroquevillée. Il l'assoit sur une chaise et quitte la cuisine de laquelle s'échappe un délicieux parfum de tarte aux pommes caramélisées.

En pénétrant dans la salle à manger, Masson ne peut s'empêcher de jeter un regard fugitif vers Virginie. Il tient le couteau caché derrière son dos. Il esquisse un large et franc sourire.

« Alors, madame Salernes », il s'adresse à bonne-maman, « ce n'est pas celui-ci, votre fameux couteau à gigot ? » D'un geste théâtral, il fait passer le couteau sous le nez des convives. Ses yeux ne quittent plus Virginie. Elle a enfin levé la tête de son assiette. Elle regarde tour à tour le gigot, le couteau et Masson. La jeune fille tombe alors brutalement dans un bruit sourd et mat, entraînant dans sa chute la nappe d'organdi dont elle tenait un pan serré entre ses mains, emportant avec elle les assiettes et les verres qui se brisent, cristallins, sur son corps d'enfant.

Le rideau est tombé, enfin, lourd et épais, abandonnant à l'arrière de la scène une pitoyable troupe d'acteurs hagards, pleins de regrets honteux et de remords enfouis. Pour l'inspecteur Masson, l'enquête est terminée. La famille Salernes vient d'éclater en mille morceaux de vie, colorés, comme les étincelles des feux d'artifice qui célèbrent chaque année depuis plus de deux siècles la victoire sanglante de la Révolution.

Épilogue

Dans la brume froide d'un petit matin de janvier, Masson presse le pas. Il a rendez-vous au bar de l'hôtel *Lutétia*. Il regarde sa montre. Il est en avance. En sortant du métro Sèvres-Babylone, à l'angle de la rue de Sèvres, l'inspecteur pense à Catherine Salernes. Régulièrement, des images, toujours les mêmes, défilent dans sa tête. C'est comme la pellicule d'un film 16 mm qui tourne au ralenti. Tout est en noir et blanc, comme la vie de Catherine, comme le froid, comme les arbres en hiver.

Virginie a été écrouée, puis hospitalisée dans le quartier pénitentiaire de l'hôpital psychiatrique de Villejuif. Là-bas, plus rien ne lui arrivera. C'est la prison de l'âme dans la prison du corps. Lorsque Catherine va visiter sa fille tous les lundis matin, Masson a l'impression d'entendre, du plus loin qu'il se trouve, les bruits des portes qui s'ouvrent et qui se ferment à clef, les unes à la suite des autres, à l'infini, comme des poupées russes inachevées, décolorées. Il entend les pas fatigués de Catherine qui frôlent le sol aseptisé, il entend le bruissement de son imperméable lorsqu'elle serre Virginie tout contre elle, en pleurant sans un bruit, pour ne pas l'effrayer.

Vers l'âge de douze ans, la petite a subi de graves sévices sexuels. Quotidiens. Aucune plainte n'a été déposée contre Christian Salernes, l'oncle de Virginie. La jeune fille a été jugée irresponsable de ses actes. Le professeur Loraine Larivière ne se hasarde à aucun pronostic quant à une éventuelle guérison.

En attendant son retour, Catherine habite dans le studio de la rue Saint-Jean-Baptiste-de-la-Salle. Seule. Toutes les semaines, elle verse un peu d'argent sur le livret de caisse d'épargne de Virginie. À sa sortie, la petite ne manquera de rien.

Henriette est retournée chez sa sœur, dans sa Bretagne natale. Au début de chaque mois, elle envoie par la poste trois paquets : un pour Catherine, un pour Thomas, un pour Virginie. Pour la petite, elle ajoute toujours des friandises, en plus des gâteaux et de la confiture.

Thomas habite maintenant avec Stéphane. Tous les lundis, ils dînent chez Catherine. Elle leur parle de Virginie. Ils l'écoutent tendrement.

On ne sait pas au juste ce que sont devenus les Salernes de la rue de Tocqueville. Masson sait simplement qu'ils continuent de vivre, comme si de rien n'était, comme si aucune tornade n'était venue fracasser leur maison et dévaster leurs vies. Ils font partie des invincibles, de ceux qui survivent à toutes les guerres, à toutes les lames de fond, parce qu'ils n'ont pas de cœur, pas d'amour à donner.

Olivier habite maintenant près de l'Odéon. Parfois, en rentrant de ses cours, lorsque son cœur est trop lourd, il fait un détour par la rue de Sèvres. Il attend contre le mur d'en face la fermeture du magasin et, à sept heures précises, il traverse la rue et il entre. Catherine ferme alors doucement la porte derrière lui et tire les rideaux de son arrière-boutique. Puis, sur la moquette grise, il lui offre tendrement des souvenirs épars de ce plaisir de chair qu'elle a payé de sa vie, de ses rêves, de son sang, pour devenir à jamais cette femme éclaboussée.

6276

Composition Chesteroc International Graphics
Achevé d'imprimer en Europe (France)
par Brodard et Taupin à La Flèche (Sarthe)
le 5 avril 2002. 12381
Dépôt légal avril 2002. ISBN 2-290-31817-5

Éditions J'ai lu
84, rue de Grenelle, 75007 Paris
Diffusion France et étranger : Flammarion